천마님,
부활
하셨도다

천마님, 부활하셨도다 1

정영교 新무협 판타지 소설

초판 1쇄 찍은 날 § 2017년 2월 7일
초판 1쇄 펴낸 날 § 2017년 2월 14일

지은이 § 정영교
펴낸이 § 서경석

편집책임 § 이지연

펴낸곳 § 도서출판 청어람
등록번호 § 제387-1999-000006호
등록일자 § 1999. 5. 31
이람번호 § 제2-2698호

주소 § 경기도 부천시 부일로 483번길 40 서경B/D 3F (우) 14640
전화 § 032-656-4452 팩스 § 032-656-4453
http://www.chungeoram.com
E-mail § chungeorambook@daum.net

© 정영교, 2017

ISBN 979-11-04-91194-1 04810
ISBN 979-11-04-91193-4 (세트)

정영교 新무협 판타지 소설
FANTASTIC ORIENTAL HEROES

①

도서출판
청어람

目次

서문(序文)

십만대산(十萬大山).

천년의 유구한 세월을 자랑하는 마교가 자리하는 그들의 성스러운 영토다.

수많은 세월 동안 정파 무림에서 각고의 노력을 했음에도 불구하고 찾을 수 없던 숨겨진 어둠의 본거지라 불리는 마교의 십만대산.

어두운 방 안, 엄숙하고 경건한 의식이 행해지고 있었다.

붉은 천에 검은색으로 천(天)이 새겨진 제단의 주위에는 길고 검은 두건을 쓴 열두 명의 제사장이 서 있었다. 그들 하나 하나가 묵직하고 엄숙한 목소리로 경을 읽는 것처럼 알 수 없는 주문을 외고 있었다.

그리고 제단 위에는 두 명의 남녀가 나신인 채 경건한 자세로 누워 있었다.

두 눈을 감고 있는 그들에게 열두 명의 제사장의 뒤에 서 있던 반백의 노인이 당부하듯이 말했다.

"천양지체(天陽志體), 천음지체(天陰志體)."

"네에."

"네."

누워 있는 남녀는 무림에서 찾아보기 힘든 극고의 신체를 가진 이들이었다.

천양지체(天陽志體), 하늘에서 내린 양기를 가진 자.

천음지체(天陰志體), 하늘에서 내린 음기를 가진 자.

"소교주… 그리고 소공녀여. 그대들의 희생으로 우리 천마신교는 다시 예전의 영광을 찾을 수 있을 것이오."

경건하게 말하고 있었지만 반백의 노인의 눈시울은 어느새 붉어져 있었다.

누워 있는 훤칠한 청년은 마교의 이십삼 대 소교주인 천여휘였다.

마교의 소교주인 그가 제단에 누워서 희생을 한다는 것은 대체 무슨 의미일까.

그때 눈을 감고 있던 천여휘가 천천히 눈을 뜨고 옆에 누워 있는 아름다운 소녀를 바라보았다.

"나연아, 두려우냐."

소녀의 이름은 천나연. 소교주인 하나뿐인 여동생이자, 마교가 사랑하는 아름다운 소공녀였다. 눈을 감은 채 오라버니의 목소리를 묵묵히 듣고 있던 그녀가 앵두 같은 입술을 실룩이며 말했다.

"아니어요, 오라버니."

"장하구나, 내 누이."

"……."

"우리의 희생으로 천마신교가 다시 옛 영광을 되찾을 수 있다면 그 얼마나 거룩한 희생이겠느냐."

"오라버니, 저는 기쁘게 받아들이겠어요."

두 남매는 천마신교의 영광을 되찾기 위해 희생을 자처했다.

제단의 제물이 되어서 옛 영광을 되찾을 수 있다면 높은 신분 따윈 상관없었다.

서로 굳은 결의를 확인한 오누이는 서로의 손을 꼭 붙잡았다.

"곧 월식입니다. 두 분은 눈을 감으시게."

반백의 노인의 말에 오누이가 천천히 눈을 감고 다시 경건한 자세를 취했다.

열두 제사장의 경을 외는 소리가 점차 커져만 가고 있었다.

제단이 있는 이 방은 마교에서 유일하게 하늘이 열려 있는 곳이다.

하늘에는 어두운 그림자가 달을 삼키고 있었고, 서서히 달은 그 흔적이 사라져 가고 있었다.

반백의 노인이 눈을 부릅뜨며 제단의 가운데로 걸어갔다. 그가 한 손에 들고 있는 그릇에는 새끼 양의 식지 않은 피가 들어 있었다.

제단의 한가운데에 피가 담긴 그릇을 두고 왼손, 오른손 번갈아가며 피를 젓더니, 천천히 피 묻은 손을 제단 위에 누워 있는 오누이의 이마로 가져갔다.

"위대한 천마신교의 창시자이시여. 십만대산의 천만 교인의 어버이시여. 다시 현세로 내려와 그대의 후손들을 굽어 살피소서!"

반백의 노인의 말이 끝남과 동시에 밤하늘에 나와 있던 달이 완전히 사라졌다.

그와 동시에 알 수 없는 전조가 시작되었다.

맑기만 했던 밤하늘에 벼락이 내리치기 시작했다.

우르르 쾅쾅!

이윽고 밤하늘에서 거대한 천둥소리가 울려 퍼졌다.

그 소리에 반백의 노인의 얼굴이 고조되었다.

그는 천천히 제단 뒤로 물러나 제사장들과 같이 경을 읊었다.

강한 전조에 음산한 기운이 방 안을 감돌고 있었다. 이에 열두 제사장의 몸이 심하게 흔들리고 있었다. 하나 그들은 쉬지 않고 경을 외었다.

경을 읊는 소리에 맞추듯 마른하늘의 벼락과 천둥소리가 어우러지고 있었다.

콰르르 쾅쾅!

그때.

"푸웃!"

한 제사장을 시작으로 열두 제사장이 피를 토하며 바닥에 쓰러지기 시작했다.

제단의 주위가 오색 빛깔의 안개로 휩싸이며 그것은 회오리바람처럼 공중으로 치솟아 오르더니 다시 내려와 오누이를 감싸 안았다.

"오오오!"

반백의 노인이 경외에 찬 눈으로 그 광경을 바라보았다.

이윽고 마른하늘의 벼락은 언제 그랬냐는 듯이 고요해졌고, 가려졌던 달이 서서히 그 모습을 드러냈다.

오색 빛깔의 안개 역시 사라져 있었다.

반백의 노인이 긴장된 눈으로 침을 꿀꺽 삼키며 오누이를
바라보았다.

그때 소교주인, 천여휘가 감고 있던 두 눈을 번쩍하고 떴
다.

"오오오! 부활하셨나이까! 천세! 천세! 천천세!"

반백의 노인이 감격스러운 눈으로 눈물을 흘리며 바닥에
납작 엎드려 절을 했다.

그는 의식이 성공했음을 본능적으로 느끼고 있었다.

그러나 두 눈을 뜬 천여휘의 태도가 이상했다. 그가 이해할
수 없다는 표정으로 엎드려 절을 하고 있는 반백의 노인을 바
라보고 있었다.

천세를 외치며 절을 하던 반백의 노인 역시도 무언가 이상
함을 느꼈는지 의아한 표정으로 소교주를 바라보았다.

"설마……."

"오 장로, 의식은 실패한 것 같소."

"어찌… 어찌 이럴 수가 있단 말인가! 분명 정해진 의식대로
거행하였는데."

흐르던 눈물을 소매로 닦으며 반백의 노인, 오 장로는 절망
스러운 표정으로 소교주를 바라보았다.

천마를 부활시키기 위해 행한 의식이 실패했다는 것을 믿
을 수가 없었다.

본래대로라고 한다면 열두 제사장과 천음지체의 희생으로 천양지체에 천마의 영혼이 깃들어야만 했다.

으득!

소교주 역시도 헛된 희생만 치르고 의식이 실패한 것에 너무도 화가 났는지, 입술을 깨물자 피가 흘러내리고 있었다.

그렇게 소중한 여동생과 자신이 희생을 해서 치른 의식이 헛된 죽음이 되어버린 것이었다.

소교주는 그의 옆에 하얀 얼굴로 조용하게 누워 있는 아름다운 동생을 애처롭게 바라보았다.

바로 그러던 찰나였다.

벌떡!

"헉!"

놀란 천여휘가 자신도 모르게 소리를 지르며 쿵, 하고 옆으로 넘어졌다.

죽은 듯이 누워 있던 천나연이 갑자기 벌떡 일어난 것이었다.

이에 오 장로 역시도 황당한 표정으로 나신의 천나연을 바라보았다.

벌떡 일어난 천나연이 천천히 감았던 눈을 떴다.

"나… 연아?"

"……."

천나연은 오라버니인 천여휘의 물음에 두 눈만 멀뚱멀뚱할 뿐이었다.

이에 천여휘는 이상함을 느꼈다.

의식으로 희생되었어야 할 동생이 되살아났다.

'설마? 나연이에게……'

말이 되지 않는 상상이었지만 충분히 가능성이 있었다.

그러나 그 기대감은 금방 산산조각 나고 말았다.

"오라… 버니, 이게 어찌 된 일인가요?"

"나연아!"

깨어난 그녀는 여전히 자신의 소중한 누이였다.

순간 다행이라고 생각했지만 어느새 의식이 실패했다고 여겨지자 천여휘는 허탈하면서 분한 마음이 들었다.

오 장로 역시도 그녀의 두 눈을 유심히 바라보더니 고개를 흔들었다.

"소교주, 부활 의식이 성공했다는 증거가 없네. 아무래도… 의식은 실패한 것……."

그의 말이 끝나기도 전에 제단의 밑에서 누군가 힘겹게 일어났다.

거추장스러운지 머리에 쓴 검은 두건을 거칠게 벗는 그는 의식으로 희생된 제사장들 중 하나였다.

얼핏 보아도 백 세는 가볍게 넘어 보이는 노인이었다.

"대제사장!"

오 장로가 놀라서 그를 불렀다.

그는 제사장들을 이끄는 대제사장이었다.

세수가 백이십 세에 달하는 천마신교에서 가장 연로한 노인이었다.

의식으로 인해 숨을 거뒀을 거라 여겼던 그가 깨어났으니 놀랄 만도 했다.

"엇?"

그때 오 장로의 두 눈이 커졌다.

놀랍게도 대제사장의 두 동공이 핏빛을 연상시킬 정도로 붉게 물들어 있던 것이다.

"오… 오오오오!"

절망했던 오 장로의 얼굴이 붉게 상기되었다.

그는 확신할 수 있었다.

지금 눈앞에 서 있는 자는 대제사장이 아니었다.

"오오오, 처… 천마님! 부… 부활하셨나이까!"

"뭐?"

"이곳은 당신의 거처인 천마신교이옵니다."

"뭐?! 천마신교?"

납작 엎드려 답하는 반백의 오 장로가 황당하다는 듯이 되묻는 대제사장을 놀란 눈으로 천천히 올려다보았다.

대제사장은 천천히 자신의 쭈글쭈글한 손을 들어 살펴보더
니 주름진 입술을 부들부들 떨며 한마디 내뱉었다.

　"아… 씨발."

1장
천마님, 부활하다

선계(仙界).

도를 닦는 이들이라면 누구나가 선계로 가기를 꿈꾼다.

선계는 인간이 도를 수양해서 오를 수 있는 낙원과도 같은 곳이다.

이런 선계는 보통 도인들이 쉽게 올 수 있는 곳은 아니었다. 깊은 수양을 한, 도력이 높은 도인들 역시도 선계의 드높은 턱을 넘지 못하는 경우가 수두룩했다.

선계의 방턱이라 불리는 도(道)의 중턱.

그 도의 중턱에서는 수많은 혼백의 도인들이 수양하면서 선인이 되기 위해 부단히 노력하고 있었다. 하지만 한고비만 넘기면 곧바로 선계로 진입할 수 있는데, 하는 잡념으로 인해 이 중턱을 넘지 못하고 있는 이가 많았다.

그런 혼백들이 넘쳐나는 도의 중턱의 한 귀퉁이가 유독 조용했다.

그곳은 도의 중턱에서 가장 높은 자리에 위치하고 있는 봉우리였는데, 사방에 넘쳐나는 혼백들이 유독 이곳에는 보이지 않았다.

스스스스!

오히려 이 봉우리의 맨 위편에서는 알게 모르게 어두운 사념과 차가운 기운마저 흘러나오고 있었다. 그래서인지 선한 기를 가진 혼백들이 쉽사리 다가가지 못하고 있었다.

뻑뻑!

한데 뭔가 깊게 빨아들이는 소리가 봉우리 위에서 흘러나왔다.

"후우~"

이번에는 뭔가를 내뱉는 소리가 났다.

그와 동시에 긴 연기가 넘실거리며 봉우리 위를 자욱이 뒤덮었다.

봉우리를 자욱이 뒤덮은 연기에는 넘실거리는 사념들로 가득했는데, 이것은 선인에 이르기 직전의 혼백들을 기겁하게 만들고 있었다.

뻑뻑!

이러한 연기가 쉴 새 없이 봉우리에서 흘러나오니, 이곳만 유독 조용한 것이 당연했다.

한참을 들이쉬고 내뱉는 소리와 연기가 가득하던 봉우리에서 갑자기 천둥번개와 같은 거대한 고함 소리가 들렸다. 사실 고함이라기보다는 절규에 가까웠다.

"끄아아아아아아아악!! 씨발! 씨발! 씨발!"

절규를 하며 욕을 내뱉는 소리가 나오자 수많은 혼백이 자기들만의 도호를 읊으며 봉우리에서 더 멀리 떨어져 갔다. 혼백들은 뭔가를 두려워하는 눈치였다.

바로 그때.

부우우우웅!

찬란한 빛이 발하며 선계 방향에서 오색구름이 몰려들었다.

빛을 발하는 오색구름의 출현에 혼백들이 경외에 찬 눈길로 고개를 숙이며 예를 표했다.

그에 화답하듯 오색구름에서 빛이 반짝반짝 흘러나오더니 빠른 속도로 어딘가로 향했다.

오색구름이 빛을 내며 도달한 곳은 다름 아닌 뿌연 사념의 연기로 가득 찬 봉우리였다.

우우우웅!

봉우리에 도착한 오색구름에서 빛이 사라지며 낯선 인영이 천천히 모습을 드러냈다.

노란 금테가 둘러진 예복을 입고, 길게 늘어뜨린 백수(白鬚)에 나이가 지긋한 노인이었다.

백수(白鬚)가 지긋한 노인의 풍채는 경건함이 넘쳤고, 그의 주위로는 밝은 기운들로 넘쳐났다. 혼백들이 예의를 차린 이 노인의 정체는 바로 선계의 선인이었다.

"자네의 절규성이 선계까지 다 들리네그려."

선계의 선인은 봉우리의 끝에서 연기를 뻑뻑 뿜어대는 한 인영에게 말을 걸었다.

아무도 없을 것 같은 봉우리의 끝에는 굉장한 체구의 압도적인 기운을 가진 중년 남성의 혼백이 바닥에 누워서 곰방대의 담배를 뻑뻑거리며 피우고 있었다.

"허허허, 들은 체도 안 하는가. 자네가 고함을 지르는 게 선계까지 쩌렁쩌렁 울렸단 말일세."

연이어서 말하는 선인의 존재를 마치 없는 사람처럼 취급하며 중년의 혼백은 연신 곰방대를 물고 담배만 태우고 있었다.

"이리이리 사념이 가득해서야, 쯧쯧."

담배 연기에서 흘러나오는 사념을 선계의 선인인 노인이 모를 수야 없었다.

선인이 손을 휘젓자 놀랍게도 봉우리를 가득 메웠던 사념의 연기들이 온데간데없이 사라졌다. 그러자 도의 중턱을 두르고 있는 맑은 기운이 다시 봉우리를 가득 메웠다.

가만히 누워서 담배 연기를 뿜어대던 중년의 혼백이 그제야 고개를 들어 입을 열었다.

"다 늙은 노친네가 쓸데없는 짓은."

도의 중턱에 기거하는 모든 혼백이 예를 표하는 선인에게 건방지게 말하는 이 중년의 혼백은 대체 누구인가. 그것은 이어지는 선인의 말에 바로 알 수 있었다.

"천마, 자네의 말투는 언제 들어도 구수하기 짝이 없구먼."

노 선인은 구수하다는 말로 좋게 표현해 주고 있었지만 눈살을 찌푸리는 그의 표정만 보아도 상당히 기분 나쁨을 알 수 있었다.

담배 연기를 뻑뻑 뿜어대는 중년의 혼백은 다름 아닌 천마(天魔)였다.

십만대산에 천년 마교를 세운 장본인인 천마, 그 본인이 이곳 선계의 방턱이라 불리는 곳에서 자리 잡고 있었던 것이다.

넘쳐나는 위압감과 살기, 그리고 마기를 주체하지 못해서 사념으로까지 만들어내는 천마가 대체 왜 이곳에 있는 것일까?

"망할, 그 구수한 말을 계속 잡수시고 싶어서 이리 왔소?"

마도(魔道)의 시초라고 할 수 있을 만큼 거친 기운을 내뿜고 있는 천마는 그와 달리 상당히 걸걸하면서 시정잡배들이 내뱉을 말투를 하고 있었다.

"쯧쯧, 이리 성정이 모나서야."

"내 모난 성정에 보태준 것도 없으면서 잔소리는."

"허허."

다른 선인들이 보았다면 참으로 재미있는 광경이었을 것이다.

선도를 닦는 다른 혼백들은 항시 선인을 경건하게 대하건만 유독 이 천마만은 항상 불만스럽다는 듯이 답하니, 이렇게 만나기만 하면 말싸움하기 일쑤였다.

"자네가 이러하니 동기뻘인 검선(劍仙)을 못 쫓아가는 게야."

"아, 씨발!"

검선이라는 말에 천마는 거친 욕을 내뱉었다.

누군가와 비교를 하는 말에 상당히 기분이 나쁜 듯했다.

무림인들이 검선이라는 말을 들었다면 모두가 존경을 표했을 것이다. 그는 마교의 시초인 천마의 유일한 호적수라 불리는 자였기 때문이었다.

"욕을 한다고 달라지나. 자네 동기뻘인 검선은 벌써 오백 년 전에 선계로 진입해서 벌써 세 번이나 승진했어."

강조하듯이 선인이 세 손가락을 내밀자 천마는 속이 부글부글 끓어오르는지 혼백이라는 생각이 안 들 정도로 얼굴이 붉게 상기되었다.

검선은 천마에게 있어서 영원한 호적수와도 같았다.

만인은 그 둘을 호적수라고 부르지만 천마 본인은 검선을 영원한 웬수 덩어리라고 부른다.

무림에 있을 때도 사사건건 천마의 앞을 가로막았던 것도 검선이었고, 비슷한 시기에 먼저 우화등선한 것 역시도 검선이었다.

"아오!! 그놈의 승진한 거 그만 강조하시오! 내가 무슨 백수도 아니고."

"백수지. 천 년 가까이 여기서 죽치고 앉아 있는 백수."

노 선인의 얼굴이 한없이 밝아져 있었다.

항상 기가 꺾일 줄 모르던 천마였지만 검선 이야기만 나오면 곧바로 만족스러운 반응을 보였다. 일종의 열등감과도 같은 반응은 노 선인을 항상 즐겁게 만들어주었다.

"무도(武道)로 선인이 되는 것이 그리 쉬운 줄 아시오."

그런 노 선인의 태도가 마음에 안 드는지 천마가 고개를 절레절레 흔들며 넋두리하듯이 말했다.

"당연히 어렵지. 그 어려운 길을 택한 건 자네고 말일세."

도를 지향하는 길 중에서 가장 어려운 길이 무도(武道)였다.

이곳 도의 중턱에 있는 대다수의 혼백들은 말 그대로 '도(道)' 그 자체를 지향하고, 수양해 왔기에 순수한 영혼에 가깝다.

반면 무도의 경우는 무(武)를 닦아서 그것을 기반으로 도에 이르려고 하기 때문에 선인으로 가는 길이 험난하다. 더군다나 천마와 같은 경우는 보다시피 사념이 가득했기에 더욱더 힘들었다.

"아직 혼백임에도 담배를 태우는 자네는 여전히 세속을 벗어나지 못했어. 그러니 동기인 검선조차 힘들게 오백 년이나 수양한 길을 자넨 여전히 못 닦고 있는 게야."

"젠장, 담배 끊는 게 쉬운 일인 줄 아시오?"

천마는 상상 그 이상의 골초였다.

혼백이 되어서 도의 중턱에 왔음에도 불구하고 천 년 동안 여전히 담배를 태웠고 그것을 끊을 생각조차 못 하고 있다.

"거, 모르시오? 담배 끊는 놈은 상종도 하지 말라는 거."

"나랑 말장난하는 겐가? 선인이 되고 싶다는 자가 그 정도 인내심도 없어서야, 쯧쯧."

노 선인에게 한번 약점이 잡힌 후로 도저히 말로는 당해낼 재간이 없었다.

속이 부글부글 끓어올랐지만 뭐라고 반박할 여지가 없었기에 천마는 입을 꾹 다물고 연신 담배만 뻑뻑 피워댔다.

"허허허."

그런 천마를 보던 노 선인이 씁쓸한 표정을 지으며 웃었다.

사실 내색은 안 했지만 노 선인이 바라본 천마는 상당히 순수한 혼백이었다.

사념이 많고 살기가 넘친다고 해도 부정할 수 없을 만큼 순수함을 가졌기에 무도를 닦아서 이곳 도의 중턱에까지 올 수 있었던 것이었다.

'확실히 도(道)에 있어 초탈하긴 했구나. 행동함하는 데 거리낌이 없어.'

도를 수양하는 선인이라면 모두가 고리타분하고 법도를 지킬 것 같지만 일정한 경지에 이르러 초탈하게 되면 행동에 있어 거침없게 된다.

물론 천마는 그 선상을 넘어서 너무 거침이 없는 것이 문제였지만 말이다.

'순수한 마도(魔道)와 순수한 선도(善道)는 동전의 양면과도 같지.'

순수한 아이에게 선악의 개념이 없듯, 천마는 정해진 굴레를 초탈했다.

선계로 갈 수 있는 자격은 충분했다.

단지 여전히 세속적인 습관을 벗어나지 못해서 천 년 동안 선계로 진입하지 못했을 뿐이었다.

'허허, 때가 되긴 했구나.'

속이 상해서 담배를 연신 물고 있는 천마를 보며 노 선인이
능청스러운 얼굴로 입을 열었다.

"휴, 이래서야 선인으로서 제대로 일이나 할 수 있을지 모르
겠구먼."

"응? 그게 무슨 소리요?"

갑자기 선인으로서 일을 할 수 있냐는 말에 천마가 피우던
담배를 멈추고 멍한 얼굴로 노 선인을 바라보았다.

"자네의 그 지긋지긋한 백수 생활이 끝났단 말일세."

"그… 그럼?"

"이번에 보았던 선인 시험에 간신히 턱걸이를 했네. 천존(天
尊)께서 자네가 천 년 동안이나 수양 쌓은 덕을 높게 평가했
어. 에휴, 아직 천 년은 더 수양해야 한다고 말씀드렸건만."

"그… 그렇다는 건, 내가 합격했단 말이오?"

"뭐, 그런 거지."

능청스럽게 말하고 있는 노 선인이었지만 그 만면에는 미소
가 가득했다.

이를 듣고 있는 천마의 얼굴이 아까의 구겨진 얼굴과는 전
혀 상반되게 밝아졌다. 어울리지 않을 만큼 해맑은 미소를 짓
는 천마에게 노 선인이 못 이기는 척 품에서 무언가를 꺼내

들었다.

그것은 화려한 광채를 내뿜고 있는 금색 인장이었다.

"오오오오!"

천 년 동안 수많은 혼백이 이 인장을 찍고 선계의 문을 통과하는 것을 보아왔던 천마의 목소리가 한껏 고조되었다.

"이 직인만 찍으면 자네도 이제부터 진정한 선인일세. 알겠나?"

"아… 알겠으니 빨리 찍으시오."

천 년이나 기다려 왔던 선계로 가는 길에 가까워지자 천마는 안달복달하며 노 선인을 보챘다. 이에 노 선인이 그걸 즐기듯이 천천히 직인의 뚜껑을 열고 입김을 하하 불면서 시간을 끌었다.

"아, 이 노친네가 답답하게 이럴 거요!"

"거참, 천 년을 기다린 걸 새삼 이 짧은 순간을 못 참아서야. 자, 찍네, 찍어!"

노 선인은 천마의 안절부절못하는 얼굴을 더 즐기고 싶었지만 더 이상 장난을 쳤다가는 무슨 사달이 날 것 같았다. 그의 앞에 있는 남자는 무도로서 극의를 이룬 자였으니 말이다.

노 선인이 직인을 찍기 위해 천마의 이마에 그것을 갖다 대려던 찰나였다.

픽!

휘익!

"어이쿠!"

픽, 하는 소리와 함께 온데간데없이 천마가 사라져 버리고 말았다.

덕분에 직인을 찍으려던 노 선인이 허공에 직인을 내밀다 앞으로 넘어질 뻔했다.

갑자기 사라져 버린 천마의 혼백에 놀란 노 선인이 주위를 둘러보았지만 주위에는 아무것도 느껴지지 않았다.

"허허, 참으로 기이한 운명이로세."

한순간에 천 년을 기다려 온 천마의 바람이 날아가 버린 것이었다.

이에 노 선인은 고개를 절레절레 흔들었다.

                    *   *   *

천 년 동안 도의 중턱에서 수양 아닌 수양을 쌓으며 진정한 선인이 되기 위해 갖은 노력을 해왔던 천마는 감격스러웠다. 무를 지향해서 선인이 된다는 것은 또 다른 시작이었기 때문이었다.

노 선인이 직인을 찍기 위해 이마로 그것을 가져다 댈 때 그는 자신도 모르게 이 순간을 음미하기 위해 두 눈을 살짝 감았다.

휘리리리리릭!

놀라운 일이었다.

그가 천 년 전, 우화등선했을 때의 감각과는 전혀 다른 느
낌이었다.

천마는 자신의 혼백이 알 수 없는 힘에 의해 끌려가는 강렬
한 쾌감을 느꼈다.

알 수 없는 쾌감이야말로 선인이 되기 위한 감각이겠거니와
그것에 몸을 맡겼다.

[…시여. 시조시여.]

그때 그의 귓가로, 아니, 혼백 전체로 속삭이는 듯한 소리
가 들려왔다.

[시조시여, 시조이시여. 부디… 부디 당신의 천마신교에 옛
영광을 찾아주시옵소서!]

'응?'

이상했다.

그의 영혼 전체를 울릴 만큼 간절한 바람과도 같은 속삭임
이었다.

선인이 되기 위해 세속을 벗어나는 마당에 갑자기 속삭임
이 들려오니 천마는 알 수 없는 불안감에 휩싸였다.

'이거 정말 선인이 되는 거 맞아?'

그의 혼백은 표류하는 배가 격랑을 맞이한 것처럼 회오리를 치며 어딘가로 끌려가고 있었다. 아무리 패기가 넘치는 천마의 혼백이라고 할지라도 이런 상태에서 정신을 유지하는 것은 매우 힘들었다.

'어어어어어!'

그의 혼백에 밀려오는 강렬한 충격과 함께 천마는 정신을 잃고 말았다.

얼마나 시간이 흘렀는지 모른다.

한참을 정신을 잃고 있던 천마는 호접지몽과 같은 감각을 맛보았다. 마치 모든 것이 꿈인 듯 아니면 자신의 꿈이 현실인 듯 알 수 없는 상태에 접어들자 어느 순간 정신을 차릴 수가 있었다.

'엇!'

벌떡!

정신을 차린 천마는 자신이 누워 있음을 깨닫고 자리에서 벌떡 일어났다.

아직 멍한 상태인 그는 거추장스러움을 느꼈다.

머리에 뭔가를 쓰고 있었는데 짜증이 난 나머지 거칠게 벗어버렸다.

이상했다.

천 년 동안 혼백이었던 천마가 느낀 이 감각은 정말 오랜만에 맛보는 느낌이었다. 자신에게 육신이 있었을 때 맛보았던 감각이 온몸을 사로잡았다.

천마가 감았던 눈을 천천히 떠보았다.

과연 자신이 눈을 떴을 때 기대했던 그 이상향, 오색 빛깔의 선계는 어떤 세계일 것인가.

"······!"

눈을 뜬 천마는 망치로 머리를 두드려 맞는 듯한 충격에 휩싸였다.

그의 눈앞에 들어온 광경은 자신이 천 년 동안 상상해 왔던 그런 선계가 아니었다.

오색 빛깔에 운무가 가득한 아름다운 도원이 펼쳐져야 할 선계가 아니라 어두침침한 방에 의식을 행할 것 같은 분위기를 연출하고 있었다.

더군다나 아릿하게 흘러나오는 이 향은 자신의 코의 감각이 틀림없다면 분명 혈향(血香)이었다. 그런 그의 귀에 낯선 목소리가 들려왔다.

"대제사장!"

천마는 순간 멍해졌다.

분명 자신을 부르는 소리인 듯했다.

주위를 둘러보니 훤칠해 보이는 청년과 여인이 자신을 뚫어지게 보고 있었다.

특이한 것은 둘 다 나신으로 있다는 점이었다.

'뭐야? 이 미친것들은……'

이 상황이 도무지 이해가 가지 않는 천마였다.

그의 입장에서는 정말 황당한 일이었다.

순간 선계의 도인들은 전부 알몸으로 다니는 건가 착각할 뻔했다.

하지만 아무리 생각해도 눈앞에 보이는 나신의 청년과 여인은 선인이 아니었다. 그러기에는 익숙한 마기(魔氣)가 청년의 몸에서 흘러나오고 있었다.

'어?'

그리고 문득 천마는 이상한 것을 하나 더 느꼈다.

뭔가 모르게 몸이 무거우면서 힘이 정체되는 느낌을 받았다.

너무 이상하다고 느끼던 찰나에 웬 정체 모를 반백의 노인이 그의 앞으로 기어오듯이 다가와 얼굴이 시뻘개져서 절을 해댔다.

'…이건 또 뭐야?'

"오오오, 처… 천마 조사(祖師)님! 부… 부활하셨나이까!"

제단의 바닥에 납작 엎드려서 붉게 상기된 얼굴로 감격스럽게 말하는데, 천마는 놀라서 자기도 모르게 큰 목소리로 반문했다.

"뭐?"

선계로 진입했어야 할 자신에게 뜬금없이 부활 운운하는 말을 하니 여간 당황스럽지 않을 수가 없었다.

놀라서 주위를 둘러보니 분명 이곳은 선계가 아니었다. 틀림없는 이승이었다.

뭔가 놀란 듯이 두 눈을 커다랗게 뜨고 있는 천마를 바라보며 반백의 노인이 조심스럽게 말을 이었다.

"이곳은 당신의 거처인 천마신교이옵니다."

"뭐?! 천마신교?"

천 년 만에 들어보는 그리운 이름이었다.

그리고 천 년간 선계를 그려왔던 그가 지금 들어서는 안 될 그 이름이기도 했다.

납작 엎드려 답하는 반백의 노인은 황당하다는 듯이 되묻는 천마의 말투에 놀라 긴장된 얼굴로 그를 천천히 올려다보았다.

그러자 천마가 자신의 손을 천천히 들어보았다.

손마디를 비롯해 손등까지 쭈글쭈글한 손은 젊은이의 것이 아니었다. 그것은 말 그대로 노구의 몸이었다.

그제야 그는 자신이 처한 상황을 정확하게 인지할 수 있었다.

"아… 씨발."

천마의 입에서 분노에 찬 거친 욕이 튀어나왔다.

이에 반백의 노인과 나신의 청년이 황당하다는 듯이 서로를 쳐다보았다.

막 이승으로 소환된 천마는 몰랐지만 그 둘의 정체는 다름 아닌 마교의 다섯 번째 서열의 장로인 오 장로 능파금과 소교주인 천여휘였다.

소교주 천여휘는 자신의 몸에 천마 조사의 혼백이 깃들어 부활할 거라 생각했지만 멀쩡히 본인인 채로 깨어나자 의식이 실패했다고 여겼다.

그렇게 분해하던 찰나에 죽은 줄 알았던 대제사장이 살아났다.

그리고 대제사장의 동공에서 발하는 붉은 안광에 절로 탄성이 나왔다.

홍안은 의식에서 말한 대로 혼백이 다시 살아났다는 결정적인 증거였다.

천여휘는 '성공이다!'라고 생각했다.

의식을 치르기 전에 골골대던 대제사장의 모습이 아니었다. 분명 자신들의 시조, 천마가 몸에 깃든 것이 틀림없었다.

그렇게 실패한 의식이 성공했다고 기뻐했는데, 갑자기 그가 욕을 내뱉으니 황당하기만 했다.

[…오 장로, 이게 무슨 일이오.]

[그, 그게 소교주, 나도 어찌 된 영문인지 모르겠소.]

소교주의 전음에 오 장로 역시도 당황스러워하며 답했다.

혹시나 의식이 실패해서 알 수 없는 잡귀의 혼백을 대제사장의 몸에 끌어들인 것이 아닌가 불안한 마음이 들었다.

부들부들!

한데 갑자기 대제사장인 늙은 노구가 부들부들 떨기 시작했다.

순식간에 얼굴이 붉게 상기되는 것이 분노에 찬 것 같았다.

천여휘는 뭔가 분노에 찬 듯이 온몸을 부들부들 떠는 대제사장을 보며 확신할 수 있었다. 틀림없이 구천(九泉)을 떠도는 악귀가 그의 몸에 깃든 것이라고 말이다.

[오 장로! 실패요. 천마 조사가 아니오. 저건 틀림없는 악귀요!]

[소… 소교주, 나도 지금 그렇게 생각하였소.]

오 장로 역시도 공감했는지 격하게 고개를 끄덕이며 전음을 보냈다.

저 모습은 그들이 기대했던 위대한 천마 조사가 보일 수 있는 그런 반응이 아니었다.

천마라면 위엄이 넘치는 기세로 의식으로 부활시킨 자신들의 공을 치하해 줄 것이라 여겼는데, 되레 욕을 내뱉으며 분노하는 것이 분명 악귀였다.

바로 그때였다.

형용하기 힘든 음산한 기운이 사방으로 넘실거리기 시작했다.

그것은 마인들로서는 상상하기 힘든 거대한 마기(魔氣)였다.

"허억!"

"이… 이런 말도 안 되는 마기가!"

전신이 떨릴 정도로 사방을 뒤흔드는 마기는 이윽고 흑색 빛깔의 운무(雲霧)로 변했다.

천마의 몸에서 흘러나온 마기가 유형화된 것이었다.

천마가 그들을 향해 손을 뻗자 유형화된 마기의 운무가 회오리를 치며 그들을 얽매기 시작했다.

휘리릭!

"억!"

마기 둘러싸인 천여휘와 오 장로의 몸이 허공으로 떠올랐다.

"오, 오라버니! 오 장로!"

놀란 천나연이 소리쳤다.

그녀의 외침에도 불구하고 허공에 넘실거리던 그들의 몸은 순식간에 제단 밑에 서 있는 대제사장의 앞으로 끌려왔다.

무림인들이 보았다면 놀라서 입이 다물어지지 않을 그런 광경이었다.

쾍!

"컥컥!"

"케엑!"

천여휘와 오 장로가 숨이 막힌 듯, 짧은 호흡으로 괴로운 신음성을 냈다.

놀랍게도 대제사장의 연로한 손이 그들의 목을 움켜쥐고 있었던 것이었다.

'마기로 어떻게 이런 것이 가능하단 말인가!'

마교의 마공을 익혔기에 그들 역시도 마기를 가지고 있었다.

그러나 정파의 정종 내공이 맑은 기운을 내포하듯, 마기 역시 내공에 마(魔)의 기운을 담은 것이라고만 여겼었다.

그런 마기가 유형화되어서 몸을 포박했으니 놀라울 만도 했다.

"이익!"

"우, 움직일 수가 없소!"

당황한 그들은 내공을 끌어 올려 반항해 보려 했지만 이상하게도 단전에서 솟구쳐야 할 그것이 요지부동이었다. 오히려 그들의 마기로 가득한 내공이 마치 두려움에 찬 것처럼 떨리고 있었다.

'이… 이건 대제사장의 힘이 아니야. 설마……'

천여휘는 놀라움을 금치 못했다.

마교, 아니, 십만대산에 거주하는 사람의 대다수는 무공을 익혔다.

제사장들 역시도 마교의 교리대로 기본공을 익히기는 했으나, 대다수가 본연의 임무로 인해 무공의 성취가 그리 높지 않다.

더군다나 대제사장같이 연로한 노인이 이런 신위가 가능할리가 없었다.

무공의 경지를 넘어서, 숨을 쉬듯이 마기를 다룰 수 있는자는 오직 '그분'뿐이었다.

"켁켁."

괴로워하는 그들을 바라보던 대제사장이 상기된 얼굴로 노려보며 입을 열었다.

"야, 이 미친놈들아, 전음으로 떠들면 안 들릴 줄 알았냐?"

"헉!!"

놀란 오 장로는 눈을 크게 부릅떴다.

아무리 들어도 적응되지 않는 말투였지만 그보다도 다른것이 그들을 놀랍게 만들었다.

전음을 엿듣는다는 것이 상식적으로 가능한 일인가.

"뭐? 악귀? 이 미친놈들이 건방지게 지들 조사한테 그딴 소리를 해?"

안타깝게도 그는 정확하게 그들의 전음을 들었다.

하지만 그 말과 동시에 천여휘의 동공이 커지며 심하게 흔들렸다.

목을 세게 움켜쥐고 있는 통에 정신이 아득해질 정도로 고통스러웠지만 분명 똑똑히 들을 수 있었다.

'지들 조사?'

흔들리는 동공, 그리고 고통을 넘어선 희열에 천여휘의 눈가가 촉촉해지며 기쁨에 젖었다.

'아버님! 조부님! 의식이 성공했습니다!'

2장

도로 아미타불

"네놈들이! 지금 무슨 짓을 저지른 건지는 알고 있는 게냐?"

천마의 목소리는 분노로 떨리고 있었다.

그의 홍안을 바라보는 천여휘와 오 장로는 마치 섬뜩한 피의 수라에 빠지는 것만 같은 착각에 빠져들었다.

압도당할 만큼 강렬한 패기와 마기가 그들을 감싸고 있었고, 육신에 천마가 깃든 대제사장의 앙상하고 늙은 손이 악마의 마수처럼 느껴질 정도였다.

"내가… 내가 이 순간만을 얼마나 기다려 왔는데."

너무도 억울했다.

그렇게 기다려 왔던 선인이 되는 순간이었다.

아주 잠시 뒤면 아름답게 펼쳐져야 할 도원향의 선계가, 그들이 벌인 금지된 의식으로 인해 한순간에 물 건너가고 말았다.

콱!

"켁켁!"

천마의 앙상한 손에 힘이 더 들어가자 그들은 고통을 넘어서 죽을 것만 같다는 생각이 들었다. 내공이고 뭐고 아등바등하더라도 이 손에서 벗어나지 않으면 정말 죽을지도 몰랐다.

[제발… 제발…….]

"……!"

그때 천마의 머릿속으로 알 수 없는 사념이 울려 퍼졌다.

갑작스러운 정체 모를 목소리에, 분노에 차서 그들의 목을 비틀어 죽일 기세였던 천마의 힘이 천천히 누그러들었다.

"엇."

털썩!

그러고는 완전히 손에 힘이 빠지자 천여휘와 오 장로가 바닥에 털썩 주저앉았다.

그들의 목에는 빨간 손자국이 선명하게 남아 있었다.

"콜록콜록."

죽기 일보 직전까지 세게 움켜잡았다가 놓았으니, 기침이 날 만도 했다.

어째서 천마가 이렇게 분노를 하는지 영문을 모르는 그들로서는 당혹스러웠지만 차마 이유를 물어볼 수 있는 입장이 아니었다.

그들의 눈앞에 서 있는 늙고 앙상한 노인은 마교를 세운 시초이자 무림사(武林史)에 다시없을 최강자인 천마였다.

[제발… 제발…….]

"뭐야, 이 강렬한 사념은?"

천마의 머릿속에는 끊임없이 들리는 강렬한 사념이 가슴 깊이 울려 퍼지고 있었다.

혼백으로 천 년 동안 도를 닦아오던 천마였기에 보통 사람들은 느끼지 못하는 강한 사념을 심신으로 체감할 수 있는 것이었다.

"그만! 그만!"

끊임없이 울려 퍼지는 사념은 천마를 어지럽히고 있었다.

결국 사념의 소리를 차단하기로 마음먹은 천마는 열어두었던 영신(靈身)의 소리를 닫았다.

그러자 그를 괴롭히던 강렬한 사념의 울림이 들리지 않게 되었다.

"후우, 이제야 살 것 같네."

아무리 천마라고 하더라도 사념이 울려 퍼지는 것은 고문과도 같은 일이었다.

천마는 본능적으로 이 사념의 진원지가 어디인지 정확하게 찾을 수 있었다. 그것은 바로 지금 자신의 육신의 원주인의 강렬한 바람이었다.

천마가 고개를 숙여 바닥에 넘어진 채 자신들의 목을 매만지고 있는 그들을 바라보았다.

"야!"

"네? 넵!"

천마가 손가락으로 가리키며 자신을 부르자 오 장로가 놀라서 벌떡 일어나 답했다.

방금 전까지 목을 부러뜨려 죽일 기세였기에 조금은 두려운 마음이 들었다. 생각보다 천마 조사는 감정적일지도 모른다고 여겼기 때문이었다.

"이 말라서 비틀어진 늙은 노구는 무엇이냐?"

"조, 조사이시여. 그 육신은 의식을 주관하던 제사장들 중 하나의 것입니다."

"뭣?"

천마가 어이가 없다는 눈으로 오 장로를 노려보았다.

어떤 식으로 부활 의식을 치렀기에 자신이 죽어가기 직전의 노인네의 몸에 들어왔단 말인가.

"아까부터 조사, 조사, 하는데 네놈은 뭐냐?"

천마의 물음에 오 장로가 옳다 싶어 답했다.

"위, 위대하신 천마 조사이시여. 저는 대천마신교의 다섯 번째 장로입니다."

"오 장로?"

오 장로라는 말에 천마의 눈에서 이채가 띠었다.

대대로 마교에서 제사 의식을 담당하는 위치에 있는 자였다.

"그, 그렇습니다."

그때 천마의 앞으로 천나연이 다가와 무릎을 꿇고 조아렸다.

"응?"

"조사 어른, 소녀는 어른의 이십삼 대 손인 천나연이라고 하옵니다."

이십삼 대 손이라는 말에 또다시 천마의 눈에 이채가 띠었다.

하지만 그것도 잠시였다. 천마가 인상을 찌푸리며 입을 열었다.

"…크흠, 옷을 입어라."

천나연의 아름다운 나신은 보는 이로 하여금 호강을 하게 해주었지만 자신의 후손이 나신으로 있는 것을 보자니 껄끄러워지는 천마였다.

"아앗."

천마가 부활한 것에 정신이 팔렸던 그녀는 그제야 자신이 알몸인 것을 알아챘다.

부끄러워진 그녀는 얼굴을 붉히며 재빨리 단상 뒤로 몸을 숨겼다.

그런 그녀에게 오 장로가 허둥지둥 의복을 가져다주었다.

"흠."

천마가 눈을 감고 스스로의 몸을 탐색해 보았다.

육신을 가지게 된 것이 천 년만인지라 익숙하지 않았다.

'터무니없군……'

단전의 내공이라고는 삼사십 년 정도가 전부였다.

육신이야 다 늙은 노구라 어쩔 수 없다지만 내공은 얼핏 기대했었는데 터무니없을 정도로 적었다.

'제사장이라고 하더니 엉망이군.'

하나부터 열까지 마음에 드는 것이 없었다.

그런 천마의 앞으로 의복을 입은 천나연이 다시 무릎을 꿇었다.

'흠.'

의복을 입은 천나연의 모습을 보니, 가히 월하가인이자 절색이라 할 만했다.

천마가 그녀를 유심히 쳐다보더니 일렀다.

"가까이 와보거라."

"넷? 넷!"

천나연이 다가오자 천마가 그녀의 팔목을 낚아채듯이 들어 올렸다.

그녀의 맥으로 끝을 헤아릴 수 없는 마기가 스며들었다.

'아아, 조사님께서 내 내공을 살펴보려 하시는구나.'

이에 그녀는 몸에 힘을 빼고 천마의 마기를 받아들였다.

어렸을 적부터 부단히 명문 마공을 익혀온 천나연의 마기 는 여느 마인들 이상으로 강했다. 그렇기에 천마의 혼백의 마 기와 잘 호응할 수 있었던 것이었다.

그러나.

'가진 내공이 미천하군.'

천마는 그녀의 하단전에서 느껴지는 내공이 뭔가 성에 차 지 않았다.

사실 천나연이 보유하고 있는 내공은 거의 반 갑자에 이르 는 수준으로, 그 나이 또래의 여성들에 비해서는 월등하다고 할 수 있었다.

하지만 천마가 우화등선하기 전까지 가지고 있던 내공의 수 위가 오 갑자에 육박할 정도였으니, 적다고 느껴질 만도 했다.

'내 혈손이라고는 하지만 게을렀구먼.'

인간이 가질 수 있는 내공의 한계를 넘은 그로서는 반 갑자의 내공은 성에 차지 않았다.

내심 후손이라는 말에 기대했는데, 여자임을 떠나 실망스러 웠다.

'그래도 혈도나 세맥은 어느 정도 타통되어 있는 듯한데.'

한참을 마기를 흘려보내 내공을 살펴보던 천마가 눈살을 찌푸렸다.

'천음지체?'

내공을 탐색하면서 알게 되었다.

천나연의 육신은 다름 아닌 천음지체였다. 하늘이 내린다 는 절대적인 음기를 가진 신체였던 것이었다.

'천음지체의 몸으로 현천신공을 익혔으니 성취가 더딜 만도 하군.'

천마의 독문 내공심법인 현천신공은 양의 성질을 타고 났기 에 천음지체와는 오히려 상극에 가까웠다.

천음지체는 음기의 무공을 익힌다면 뛰어난 성취를 가질 수 있는 육신이었다. 그리고 혈교의 술법을 이용한다면 최강 의 강시를 만들 수 있는 육신이기도 했다.

"재미있군. 천음지체라……."

천마의 입꼬리가 올라갔다.

그녀의 육신이 천음지체라는 것을 알고 나니, 분명 자신의 후손임이 틀림없다는 생각이 들었다. 물론 그가 살아생전에 천음지체였던 것은 아니었다. 오히려 그와 반대인 천양지체로 뜨거운 양기의 무공을 익히기 적합한 신체를 가지고 있었다.

"설하."

천마의 입에서 나온 이름에 천여휘가 뭔가를 아는지 눈에 이채가 띠었다.

후손으로서 천마신교의 가계도에서 항상 봐왔던 그 이름이었다.

천마가 유일하게 사랑했던 여인이었으며, 그의 단 하나뿐인 아내였다.

"그녀도 천음지체였지."

눈을 감고 추억을 되새기는 천마의 마음속에 살아 있는 것처럼 그녀가 아른거렸다.

혼백이 되어 도를 수양하느라 세속을 거의 잊었던 그에게 육신을 얻으면서 세속적인 감정의 불씨가 다시 살아난 것이었다.

감았던 눈을 다시 뜬 천마의 얼굴은 전보다 한결 편안해 보였다.

"되었다."

"아아, 네엣."

천마가 천나연의 맥을 짚고 있던 손을 뗐다.

천나연의 볼이 붉게 상기되었다.

단지 그녀의 혈도를 통해 헤아릴 수 없는 마기가 훑고 지나갔을 뿐인데, 묘하게 마기가 안정되는 느낌이었다.

천마가 천여휘를 쳐다보며 다시 입을 열었다.

"쯧쯧, 나를 이딴 다 죽어가는 노구에 부활시키다니 터무니없는 짓을 하였구나. 천양지체가 없었나?"

"그… 그게……."

자신을 부활시키려는 의식을 거행했다면 분명 천양지체의 신체를 가진 후손이 희생했을 터인데, 무공도 어설픈 쭈글쭈글한 노구에 부활시켰다는 것이 이해가 가지 않았다.

"하긴, 천양지체가 쉽게 나올 육신은 아니지."

백 년에 한 번 나올까 한다는, 하늘이 내린다는 신체가 그리 쉽게 나올 리가 없었다.

오랜 세월을 살아온 천마가 무도로 등선하기까지 고손을 보았었는데, 그 긴 세월 동안 많은 자손이 태어났지만 천양지체는 없었다.

고개를 끄덕이며 다 이해한다는 듯이 손짓하는 천마를 바라보며, 오 장로가 어찌 말해야 할지 망설이다 결국 입을 열었다.

"…조사시여, 그게 아니옵고."

"잠깐 멈추시오!"

그때 천여휘가 앞으로 나와 오 장로의 말을 끊으며, 한쪽 무릎을 꿇고 천마에게 포권을 취했다. 단지 알몸으로 자세를 취한 것이 보는 그로 하여금 눈살을 찌푸리게 만들었다.

"뭐냐?"

"조사 어른, 저는 대천마신교의 이십삼 대 소교주인 천여휘라고 하옵니다."

여휘의 말에 눈살을 찌푸리던 천마의 눈썹이 치켜세워졌다.

눈앞에 있는 훤칠한 청년이 당당하게 자신의 후손이라고 말을 하니, 또다시 묘한 감정에 휩싸였기 때문이었다. 단지 알몸인 것이 거슬렸지만 말이다.

"호오, 네가 소교주라고?"

흥미롭다는 듯이 바라보며 말하는 천마의 목소리에는 노기가 가라앉아 있었다.

부드러워진 목소리에 자신을 바라보는 눈빛이 한결 누그러짐을 느낀 천여휘가 당당한 목소리로 말을 했다.

"조사 어른, 제가 바로 천양지체이옵니다!"

"뭐?"

"제… 제가 천양지체이옵니다!"

그의 말이 끝남과 동시에 누그러졌던 천마의 얼굴이 황당하다는 듯이 구겨졌다. 천마는 손가락으로 여휘를 가리키며 화가 난 목소리로 말했다.

"뭐야! 멀쩡한 천양지체가 있는데. 왜 이딴 늙은 몸에다 부활시킨 거야!"

당당했던 천여휘의 얼굴이 창백해지기까지는 불과 한순간
이었다.

           *   *   *

당금 무림에서 기억하는 천마는 어떠한 인물일까?

천마를 상징하는 단어와 칭호들은 헤아리기 힘들 만큼 많다.

마(魔)의 종주.

십만대산의 피의 시조.

최초로 무림의 패업을 이룬 자.

그런 수두룩한 칭호들은 그의 패도적인 성향을 잘 말해주
고 있었다.

심지어 그가 혼백으로 도의 중턱에서 수양을 할 때도, 그런
패도적이고 호전적인 성향으로 선도의 혼백들이 혼비백산하
여 그의 곁으로 다가오지 못했었다.

"그런데 이 꼴이 뭐냐? 다 죽어가는 노친네의 몸에 집어넣
다니!"

우화등선을 하기까지도 중년의 모습을 유지했던 천마다.

그런 그가 한순간에 피골이 앙상하고 쭈글쭈글한 노인이
되어버린 것이다.

천마가 거듭 화를 내자 당황한 천여휘는 창백해진 얼굴이
되어 아무런 답변도 하지 못했다. 사실 궁금한 것은 자신도
마찬가지였다.

"내 혈손이고 뭐고, 곱게 죽고 싶다면 납득할 만한 변명을
해야 할 거야!"

'아아, 정말 미치겠구나.'

그를 노려보는 천마의 기세가 정말로 살기등등했다.

천양지체인 그의 몸으로 깃들어야 했던 천마의 혼백이, 뜬
금없이 늙은 제사장의 몸에 깃들 거라고는 상상도 하지 못했
었다.

천마신교에 천 년 동안 보관했던 고문서에 의거해 정확하게
의식을 진행했다. 그 어떠한 것도 잘못될 소지가 없었다.

"그, 그것은 소손도 잘 모르겠사옵니다. 분명 의식은 제대
로 행하였는데……."

"의식을 제대로 행했는데, 내가 왜 이 꼴이지?"

"엇? 조… 조사님!"

바로 그때.

천마의 눈치를 보느라 진땀을 빼던 천여휘가 뭔가를 발견
했는지, 눈을 커다랗게 뜨고 검지로 그의 오른손을 가리켰다.

이에 천마는 꼴도 보기 싫은 주름진 오른손을 들어 보았다.

부활하고 여태껏 너무 자연스러워 전혀 의식하지 못하고

있었는데, 그의 오른손 약지에는 하얀 구슬이 박힌 흑색 반지가 끼워져 있었다.

"고작 이 반지 때문이라고 하진 않겠지?"

반지는 지극히 평범한 장신구에 불과했다.

특별히 영혼을 불러오는 의식에 쓰일 수 있는 도구로 보이진 않았다.

"그것은 평범한 반지가 아니옵니다!"

"평범한 반지가 아니면 뭐지?"

"그, 그것은."

"그것은?"

"…조사 어른의 사리가 박혀 있는 반지이옵니다."

잠시 망설였던 천여위가 사실을 밝혔다.

천마의 오른손 약지에 껴져 있는 반지는 다름 아닌 그의 사리로 만든 반지였던 것이었다.

불에서 태어나 불로 사라진다는 마교의 교리에 따라 천마가 무도로 깨달음을 얻어 등선하자 천마의 시신을 화장(火葬)을 했었는데, 놀랍게도 그 속에서 수많은 사리가 나왔었다. 사리의 대부분은 마교의 사원 납골당에 모셔두었지만 그중 세 개만을 남겨 만들었던 것이 바로 마교의 삼대 신물이었다.

천마신검(天魔神劍).

천마인장(天魔印章).

천마반지(天魔斑指).

세 개의 신물은 천 년의 세월 동안 전지자손하여 그 혈손들이 보관해 왔다.

그중 유일하게 혈손이 아닌 자가 반지를 보관하고 있었는데, 그가 역대 대제사장들이었다. 천마반지는 교단의 의식을 담당하는 대제사장들이 등선한 마교의 조사인 천마의 힘을 빌리기 위해 착용하고 있었다.

"제 생각에는… 조사 어른의 사리가 원인이었던 것 같습니다."

"사리라고? 하아."

그제야 천마는 어느 정도 납득이 되었는지, 한숨을 푹 내쉬었다.

정상적으로 의식을 행했다면 천양지체인 천여휘의 몸으로 혼백이 깃들었겠지만 일종의 분신과도 같은 천마의 사리가 있었기에 그것이 강렬한 매개체가 되어서 그의 혼백을 이끌었던 것이었다.

"실로 어이가 없구나."

자신의 몸에서 나왔던 사리가 혼백을 끌어당기는 역할을 했을 줄은 상상도 하지 못했던 천마였다. 그런 그에게 죄송하다는 듯이 천여휘가 다시 포권을 하며 고개 숙여 사죄했다.

"조사님, 정말 송구하옵니다! 모두가 소손의 불찰입니다!"

"크큭, 정말 어이가 없구나. 결국 진인사대천명이라는 건가."

진인사대천명(盡人事待天命).

사람이 계획하고 뭔가를 그리지만 결국 모든 순리는 하늘에 의해서 결정되어진다는 말이었다. 천 년을 수양하면서도 와 닿지 않던 그 말이 새삼 와 닿는 천마였다.

오직 천마의 부활만을 꿈꾸던 혈손들이 이런 상황을 예측이나 했겠는가.

그런 생각에 들자 천마는 약간은 누그러진 얼굴로 몸을 부들부들 떨면서 진심으로 사죄하고 있는 천여휘를 내려다보았다.

"흥!"

그가 탐탁지 않았지만 어찌 되었든 그의 혈손이었다.

스르르륵!

천마가 손을 내밀어 당기자 놀랍게도 천여휘의 굽혔던 허리가 부드럽게 일으켜 세워졌다.

그것은 단순한 내공에 의한 것이 아니라 천마의 거인 같은 마기에 감응해서였다.

'아아아!'

천여휘 역시도 마공을 익힌 마인이었다.

자신의 몸 안의 마기를 감응했던 천마의 강렬한 마기의 힘에 도취될 것만 같았다.

그는 어떻게 이런 식으로 마기를 운용할 수 있는지 궁금했다.

"쯧쯧! 네놈의 멍청한 표정만 봐도 무슨 생각을 하는지 알겠구나."

그런 천여휘의 생각이라도 읽은 듯 천마가 혀를 찼다.

하지만 자고로 무인이라는 자가 이런 호기심이 없다면 발전 또한 없을 것이다.

혈손이라는 자가 천마 본인의 탁월한 마기 운용법에 대해 아무런 의문조차 표하지 않는다면 그것 역시도 실망스러운 부분이었을 것이다.

"죄… 죄송합니다."

"죄송이고 나발이고, 네놈은 언제까지 발가벗고 있을 게냐?"

천마의 검미가 치켜 올라가며 인상이 구겨졌다.

아까부터 계속 천마의 눈에 상당히 거슬리던 것이 있었다.

아무리 신경 쓰지 않으려고 해도 보이는 천여휘의 덜렁거리는 '물건'이 짜증 날 정도로 선명하게 눈에 박혀왔다.

"짜증 나니 뭐라도 걸쳐 입든지 해라."

"네, 넵!"

교주인 아버지를 제외하고 타인의 눈치를 살핀 적이 없는 천여휘로서는 참으로 신선한 경험이었다. 새삼 밑에 사람들의 심경이 이해가 가는 그였다.

신경질적으로 손을 휘젓는 천마를 뒤로하고 천여휘는 재단 옆의 서랍에 고이 모셔놓았던 자신의 의복을 챙겼다.

검은 무복에 허리에는 금테를 두른 복색이었다.

급하게 옷을 갈아입은 천여휘가 천마의 앞으로 와서 다시 무릎을 꿇었다.

"못난 모습을 보여서 죄송합니다."

"쯧, 훨씬 낫군."

알몸으로 있을 때는 거북했는데 그나마 옷을 갖춰 입은 천여휘의 모습은 훤칠해 보였다.

얼굴의 윤곽과 날렵한 턱 선에 오뚝한 코하며 마치 생전의 천마 자신의 젊었을 적을 보는 것처럼 마음에 들었다.

"지금 보니 제법 그럴 듯하게 생겼구나."

"조사님, 감사합니다."

의외의 것에서 칭찬해 주는 천마의 말에 기분이 한결 좋아진 천여휘가 고개를 숙이며 말했다. 그러나 한마디의 칭찬으로 끝이었다. 천마의 시선은 다른 곳으로 향했다.

"흠, 왠지 이 방이 낯익구나."

천마가 제단 주위를 걸으며 방을 둘러보았다.

그는 부활하면서 눈을 떴을 때, 이 방이 굉장히 낯익다고 생각했었다.

아무리 본인이 세운 마교라고는 해도 천 년의 세월이 지났다면 많이 변했을 텐데, 왜 이렇게 낯익은 건지 의문이 들었다.

그런 천마의 앞으로 천여휘가 바닥에 엎드려 큰소리로 말했다.

"소손 천여휘! 조사 어른께 죄를 청합니다!"

"죄?"

"조사님께서 등선하셨던 방을 부활 의식의 제단으로 사용했사옵니다!"

"내가 등선한 곳이라고?"

그랬다.

천장이 뚫려 있는 이 방은 과거 천마가 사용했던 침실로, 그가 무도를 득도하고 등선한 장소였다. 그렇기에 천마 본인도 모르게 낯이 익었던 것이었다.

마(魔)의 종주인 천마가 이곳에서 등선했다.

즉, 마교에서 볼 때 특별한 의미를 가지는 장소가 되었던 것이다. 그로 인해 후대 마교의 교주들은 이곳을 신성시 여겨 금지(禁地)로 지정해 놓았었다.

천여휘가 천마에게 죄를 청했던 것도 이를 어기고 부활 의식의 제단으로 사용했기 때문이었다.

"뭘 이런 일로 두려워하느냐?"

천마가 부드러운 목소리로 엎드려 있는 천여휘에게 다가가 허리를 숙여 부드럽게 그의 머리를 쓰다듬었다. 갑작스러운 그의 행동에 놀란 천여휘의 눈이 휘둥그레졌다.

"내가 쓰지도 않는 이 방을 썼다고 무슨 죄가 되겠느냐?"

"조, 조사 어른!"

너그럽게 용서하는 듯한 그 말에 천여휘의 목소리가 메었다.

이제야 천마 조사가 자신의 진심을 알아주는 것인가 하는 생각이 들었다.

그러나.

빠득!

"끄어어어억!"

천마가 천여휘의 머리를 부드럽게 쓰다듬다가 대뜸 그의 머리카락을 우악스럽게 쥐어 잡고 올린 것이었다. 머리가 통째로 뽑혀 나갈 것 같은 고통에 천여휘의 이마에는 잔뜩 핏줄이 돋았고, 그는 비명을 질렀다.

"끄아아아악! 조사님! 조사니이이이임!"

인간이 단련할 수 없는 몇몇 부위가 있는데, 남녀가 공통적으로 고통을 참을 수 없는 부위가 바로 머리채였다.

비명을 지르는 천여휘를 전혀 신경 쓰지 않는지 천마가 마귀와 같은 표정으로 그와 눈을 마주하며 섬뜩하게 말했다.

"나를 네놈 멋대로 부활시킨 게 죄지!"

3장
천마님, 고민하다

"끄아아아악!"

앙상하고 주름으로 가득한 노인의 손아귀라고 믿기 힘들었다.

우악스럽게 힘이 들어간 손과 천마의 살기 어린 눈은 정말로 천여휘의 머리채를 통째로 뽑을 기세였다.

'아악! 이대로 가다간 정말 머리채가 통째로 뽑힐지도 모른다.'

조사님의 분노를 달게 받았다가는 죽을 것만 같았다.

적어도 내공을 끌어 올려 몸을 보호해야만 했다.

그러나.

'어어?'

단전에서 느껴지는 떨림과 함께 내공이 움직이지 않았다.

무리해서라도 운기를 하려 했지만 단전은 파르르 떨리기만 할 뿐 아무 반응이 없었다.

'말도 안 돼!'

내공을 움직일 수 있다면 적어도 호신지체로 고통의 부담을 줄일 수 있을 텐데 그의 내공은 요지부동이기만 했다.

천여휘의 내공 수위는 일 갑자에 달했다.

갓 약관을 넘긴 그가 중소문파의 장문인급 정도의 내공을 보유할 수 있었던 것은 여러 가지 이유가 있었다.

천양지체라는 극고의 신체.

소교주로서 누릴 수 있는 각종 영약 복용과 같은 혜택.

현천신공(玄天神功)이라는 역대 마교의 교주들만이 익히는 절세무공이 바탕이 되었기 때문에 가능한 일이었다.

'무공도 제대로 익히지 못한 늙은 제사장의 몸으로 어떻게?'

아무리 마교의 시조인 천마라고 할지라도 지금 일신의 육신은 거동조차 힘들어 보이는 노인이었다.

더군다나 고작 삼십 년에 불과한 내공으로 펼칠 수 있는 능력이 아니었다.

"왜? 내공이 움직이지 않아서 당황했냐?"

"끄으윽, 조… 조사님!"

천마가 그런 천여휘의 생각이라도 읽은 듯 입꼬리를 올리며 비웃었다.

알 수 없는 힘의 정체를 모르는 천여휘로서는 잡고 있는 머리채를 제발 놓아주었으면 하는 바람이었다.

"내가 왜 마(魔)의 종주라고 불렸는 줄 아느냐?"

"끄윽, 왜… 왜 그런 것이옵니까?"

"세상의 모든 마(魔)는 내 앞에서 무릎을 꿇어야 하거든!"

일반적인 무공의 범주라면 천마가 지금 육신의 수위로는 천여휘를 제압하는 것은 불가능했다. 그러나 이렇게 쉽게 천여휘를 제압할 수 있는 것은 내공의 유무를 떠나 그의 마기가 제압당하고 있어서였다.

"크큭! 네 녀석의 알량한 마기로는 나에게 반항할 수는 없다."

현천신공의 가장 본질적인 부분은 바로 마기(魔氣)였다.

마교의 모든 교인을 비롯해, 마도의 무공을 익힌 자들은 누구나 마기를 지니고 있다.

천 년간 영신(靈身)을 수양해 온 천마의 영혼이 지닌 마기의 농도는 천여휘가 감당할 수 있는 수준이 아니었다.

"빨리 말해."

"끄으윽, 무… 무엇을?"

"나를 부활시켰어야 할, 납득할 만한 이유!"

"그… 그건……."

고통스러운 와중에도 천여휘는 이유를 말하는 것을 망설였다.

불같은 성정의 천마가 그 이유를 듣게 된다면 과연 어떤 태도를 보일까 하는 생각이 들어서였다. 그리고 위대한 마교의 후인으로서 차마 입에 올리기 힘든 말이었다.

"말 안 해?"

쫘악!

"끄아아아악!"

이유를 말하라고 하고는 더 세게 쥐어짜니 이마의 핏줄이 다 터질 것만 같았다.

뭐라도 말하고 싶은데 너무 아픈 나머지 거의 실신하다시피 하는 천여휘였다.

"조, 조사 어른!! 이… 이걸 놓아주셔야 말이라아아… 아아악!"

지금 천마의 행동은 거의 화풀이와도 같았다.

혈손이라고 해서 어느 정도 사정을 봐줄 것이라고 여겼던 것은 착각에 불과했다.

애초부터 천마는 선계에 진입하기까지 천 년이라는 세월을 애먹을 정도로 잔인하고 불같은 성정을 지니고 있었다.

천 년 동안 기다려 왔던 인고를 한순간에 박살 냈는데, 매사에 거리낌 없는 성정의 그가 혈손이라 한들 쉽게 넘어가 주겠는가.

털썩!

"머, 멈춰주십시오! 천마 조사!"

오 장로가 천마의 앞으로 오더니 무릎을 꿇고 다급한 목소리로 말했다.

가만히 뒤에서 천여휘가 그를 설득하는 것을 지켜보려 했지만 그대로 내버려 뒀다가는 그가 정말 죽을 것만 같았다.

"뭐냐?"

고개를 돌려 오 장로를 바라보는 천마의 눈빛은 섬뜩했다.

그의 피처럼 붉은 눈은 심금마저 떨리게 만드는 마기를 풀풀 풍겨대고 있었다.

'허억!'

이에 오 장로는 자신도 모르게 두려움에 떨며 시선을 내리깔고 말았다.

분노한 천마는 말 그대로 아수라와 같은 자였다.

'아아, 마교가 처한 상황이 있지만 우리가 진정 해서는 안 될 짓을 저지른 것은 아닐까?'

도저히 어디로 튈지 모를 성정을 지닌 천마를 과연 무슨 수로 통제한다고 부활시켰던 것일까 후회가 되는 오 장로였다.

그러나 이미 엎질러진 물이었고 일단은 천마의 분노를 가라 앉혀야 했다.

'마… 말해야 한다!'

천마를 부활시킨 후, 그가 현세에 익숙해지면 분위기를 맞춰가며 차후 진행하려 했었던 계획이었지만 지금 당장 말해야 했다.

눈에 핏기까지 서려 비명을 지르는 천여휘를 살리려면 천마를 부활시킨 이유를 말해야만 했다. 차마 위대한 마도의 종주이며, 마교의 시조인 그에게 말하기 힘든 그 이유를 말이다.

"천마 조사시여."

"말해라."

"천마신교가… 저희 천마신교가……."

"이놈이 죽는 꼴을 보고 싶은 게로구나. 빨리 말하지 못할까!"

우드드득!

"끄아아아악!"

계속 말문이 막히는 오 장로의 태도에 답답해진 천마가 손에 더욱 힘을 주며 그를 다그쳤다. 더욱 비명을 지르는 천여휘의 모습에 오 장로가 떨리는 목소리로 말을 이었다.

"저… 정파 무림맹에 패했습니다."

"뭣?"

"저희 신교가 패했고, 정파 무림맹이 무림을 통일했습니다."

오 장로는 눈시울을 붉히며 힘겹게 사실을 밝혔다.

그의 말이 끝남과 동시에 천마의 눈꼬리가 파르르 떨리며 진심으로 어이가 없다는 표정을 짓고는 손에 힘을 뺐다.

털썩!

덕분에 겨우 그의 손에서 벗어난 천여휘가 바닥으로 쓰러져 핏줄이 선 얼굴로 자신의 머리를 어루만졌다.

그런 천여휘를 뒤로하고 천마는 구겨진 얼굴로 오 장로의 앞으로 걸어와 말했다.

"어이, 늙은이. 다시 얘기해 봐라. 내가 잘못 들은 건 아니겠지?"

등선했기에 속세에 미련이 없는 천마였지만 방금 들은 말은 그냥 지나칠 수가 없었다.

자신이 세워놓은 마교가 패하고 정파 무림맹이 무림을 통일했다는 말을 도통 이해가 가지 않았다. 패한 것은 둘째치더라도 정도라고 자처하는 이들이 무림을 정벌했다는 말이 아닌가.

"부디 이 무력한 당신의 신도를 용서해 주십시오."

"개소리하지 말고 빨리 말해라."

"……"

"네놈도 저 녀석처럼 되고 싶으냐?"

"···지금으로부터 육 년 전이 시작이었습니다."

아직도 머리카락을 붙잡고 바닥에 엎어져서 고통을 호소하는 천여휘를 한번 힐끔 쳐다본 오 장로가 사색이 되어서 곧바로 이야기를 시작했다.

육 년 전.

무림의 동태가 심상치 않게 돌아가기 시작했다고 한다.

천마가 활동하던 시기에도 그랬지만 무림의 힘은 삼등분으로 나뉘어져 있었다.

정파, 사파, 마교.

정도의 무공을 익히며 의협을 숭상한다는 정파(政派).

해괴한 사도의 무공을 익히며 사악하고 잔인한 짓을 서슴지 않는 사파(私派).

힘을 숭상하고 마를 지향하는 마교(魔敎).

"어이, 사설이 왜 이렇게 길어. 배경 설명은 다 빼."

"흠흠! 알겠습니다."

단일 집단으로는 가장 세력이 강성했던 것이 마교였지만 정파와 사파는 워낙 수많은 집단이 모여서 연맹을 이루고 있었기에 그 힘의 균형은 견고하게 내려왔었다.

"균형을 이루던 것이 깨진 게 바로 육 년 전, 검문(劍門)이 정파를 규합하겠다는 선언을 하고 나서였습니다."

"검··· 문?"

검문이라는 말에 천마의 표정이 묘하게 바뀌었다.

그것을 미처 보지 못한 오 장로가 다시 말을 이어나갔다.

정파 무림을 규합하겠다고 갑자기 나선 검문을 처음에는 수많은 대소문파들이 비웃었다고 한다.

그러나 검문과 위치적으로 제일 가까웠던 해남파를 시작으로 파죽지세로 정파의 문파들이 봉문을 선언하면서, 구파일방의 정파 연맹은 위기를 느꼈다.

"그렇게 위기를 느낀 구대문파의 고수들이 연합하여 검문의 본진을 공격했습니다."

놀랍게도 결과는 구대문파의 패배였다.

결국 그것을 계기로 구파일방을 비롯한 정파들은 검문의 주도하에 무림맹에 복속되고 말았다. 정파 무림맹이라고 칭했지만 검문이 실권을 쥐고 있는 하나의 거대 세력으로 규합된 것이었다.

'검문이 정파를 규합했다? 크큭, 그 고지식한 놈이 이 사실을 알게 된다면 그 표정이 어떨지 궁금해지는군.'

천마의 얼굴은 꽤나 흥미진진했다.

뭔가 놀라기보다는 흥미로워하는 표정으로 듣는 그의 태도가 의아했지만 오 장로는 계속 이야기를 이어나갔다.

"정파가 규합되기까지 걸린 시간은 불과 일 년에 불과했습니다. 진짜 전쟁의 시작은 그때부터였지요."

정파 무림맹을 규합한 검문은 몇 개월 채도 되지 않아 사파에 전쟁을 선포했다.

연맹을 형성하고는 있었지만 특별하게 서로 연합을 하지 않았던 사파는 검문을 중심으로 규합된 정파에 일방적으로 패배를 당할 수밖에 없었다.

"그 기간 동안 너희들은 뭘 한 거냐?"

"그… 그게……."

"설마 구경만 하고 있진 않았을 거고?"

정파가 이 정도까지 규합되어서 사파를 공격했다면 마교에서도 분명 위기를 감지했을 것이다. 사파에 전쟁을 선포했다고 해도 개입할 여지가 있었을 것이다.

"그것이… 어부지리를 취하기 위해……."

"쯧쯧, 미련하게 양패구상(兩敗俱傷)을 바란다고 구경만 했군."

천마의 말에 오 장로가 면목이 없다며 고개를 푹 숙였다.

만약 천마 본인이었다면 양패구상만을 바라기보다는 양쪽으로 개입해 균형을 맞춰서 타격을 입도록 만들었을 것이다.

"그것도 그러했지만 사실 부교주인 마중달과의 알력으로……."

"부교주? 그딴 직책을 잘도 만들었군."

"흠흠!"

천마가 집권하던 마교 시절에는 애초부터 부교주라는 직책이 없었다.

일인지하 만인지상인 교주에게 모든 실권이 돌아가도록 견고하게 되어 있었다.

그런 자리에 이 인자를 만들었으니, 집권의 견고함이 깨지고 알력이 일어나게 되는 것은 당연한 이치였다.

"부교주인 마중달은 돌아가신 태상교주께서 신교로 초빙한 자입니다."

"꽤 실력이 있었나 보군."

"태상교주의 지인이셨고, 오황(五皇) 중 한 명입니다."

"오황?"

"현 무림의 최고의 고수들입니다."

"호오?"

피와 대결이 난무하는 무림에는 항상 각 시대를 대표하는 고수들이 있게 마련이었다.

당금에 와서 최고의 고수라 불리며, 무림을 군림하는 이 다섯 고수를 무림인들은 오황(五皇)이라고 칭했다.

"제법 하나 보군."

'제법?'

오황을 두고 너무 쉽게 이야기하는 천마의 말에 오 장로는 잠시 황당했지만 다른 누구도 아닌 마교의 시조 천마였다. 그에게서 풍겨져 오는 무거운 마기와 그 위압감은 말로 형용할 수 없었다.

역대 무림인들 중 최강을 논한다면 그를 빼놓을 수가 없었다.

하긴 천마가 아니라면 누가 그런 말을 할 수 있겠는가.

그렇게 보니 과연 천마가 원래의 몸이었다면 어떨까 하는 생각이 드는 오 장로였다.

"그들 한 명, 한 명이 전부 다른 시기에 태어났다면 각자가 천하제일이 되었을 거라 칭할 만큼 강한 자들입니다."

"천하제일?"

천마의 눈빛에서 호승심이 드러났다.

천 년 동안 도의 중턱에서 선계로 가기 위한 수양만을 해왔기에 무공을 펼쳐본 지도 오래였다. 그런 와중이지만 현 무림에서 천하제일을 논한다는 말을 들으니, 호전적인 천마의 가슴에 호승심이 피어올랐다.

'오오! 조사님께서 흥미를 느끼셨구나.'

그런 천마의 눈빛을 눈치챈 오 장로가 쾌재를 지르며 속으로 생각했다.

실상 자신들이 처한 상황을 설명한다 한들, 그가 단칼에 거절해 버리면 최악의 국면을 맞는 것이었다.

"그중 한 명이 여기 있다는 거네?"

"그… 그렇지요."

"좋군. 계속 말해보아라."

만족스럽다는 듯이 고개를 끄덕인 천마가 다시 이야기를 재촉했다.

이에 오 장로가 방금 전과 달리 더 어두워진 안색으로 입을 열었다.

"삼 년 가까이 지속되던 전쟁의 끝을 알린 건 사파 연맹의 실질적 수장이었던 오황 중 한 명인 북호투황(北虎鬪黃)이 목숨을 잃고 나서였습니다."

사파 연맹을 이끌었던 오황의 일인이었던 북호투황은 투신이라 불리는 사내였다.

사파와 북무림(北武林)을 대표하던 그의 패배는 사파의 급속한 몰락을 가져왔다. 견고할 것 같던 삼대 세력의 균형이 완전히 무너진 것이 바로 이 시점이었다.

"사파의 세력까지 규합한 정파 무림맹의 힘은 상상을 초월했습니다."

삼대 균형이라고 했으나 마교는 유일하게 단일 세력이었다.

아무리 무를 숭상하는 마교라고 할지라도 그 많은 중원 무림맹의 적을 감당키는 힘들었다.

불과 일 년이라는, 길지만 짧은 시간 동안 일만 마교인이 하나가 되어 치열한 전투를 벌였지만 중과부적(衆寡不敵)이었다.

결국 마교는 치욕스러운 항복과 함께 교주의 무공 전폐와 봉문을 선언해야만 했다.

가만히 듣고만 있던 천마조차도 마교의 봉문이라는 말에는 잠시 눈에 이채가 띠었다.

"…결국 교주님께서는 양팔까지 잃으시고 내공을 전폐당하는 치욕까지… 크흑."

차라리 죽었다면 모를까. 무인으로서 팔과 무공을 잃는 치욕까지 당한 자신의 주군을 떠올리니 설움이 복받친 오 장로였다.

"흑……."

모든 이야기를 마친 오 장로를 보며 천나연 역시도 눈시울이 붉히더니 결국 눈물을 터뜨리고 말았다.

[제발… 제발…….]

'그래서 이 육신의 사념이 그렇게 짙었었군.'

이런 사정을 알고 나니 자신을 어지럽히던 사념을 이해하게 된 천마였다.

간절히 도움을 바라왔던 사념은 위기의 마교와 폐인이 된 교주를 생각하는 대제사장의 간절한 바람이었던 것이다.

'하아…….'

혈손들이 자신의 목숨을 버리면서까지 희생을 각오하면서

그를 소환한 것은 마지막 지푸라기라도 잡고 싶은 심정이었을 것이다.

마교의 시조이며, 천하제일이라 불렸던 그를 부활시켜 마교를 살리고자 하는 이들의 바람은 선인이 되기 위해 속세를 등져야 하는 그의 마음을 어지럽히고 있었다.

"쯧쯧, 세속을 저버리지 못하니, 그래서 자네는 안 되는 거야."

문득 도의 중턱에서 노 선인이 혀를 차며 자신에게 했던 말이 머릿속을 맴돌았다.

'아… 젠장, 정말 짜증 나는 상황이구나.'

솔직한 천마의 심경이었다.

아무리 모든 것에 거리낌이 없는 천마였지만 참으로 고민이 될 수밖에 없었다.

지금 당장 육신을 버리고 다시 도의 중턱으로 돌아가 선인이 되는 길을 택할 것인가.

무림의 역사 속으로 사라질지도 모르는 마교를 다시 도와야 하는 것인가.

"제기랄!"

그는 심각하게 고민을 하고 있었다.

그런 천마를 향해 머리채가 뜯길 뻔해 이마에 핏줄이 잔뜩

서 있는 천여휘가 조심스럽게 다가와 부복을 하며 말했다.

"조사님, 후손으로서 못난 모습을 보여 송구스럽습니다. 저보다도 부디 신교의 남은 교인들을 살피시어 주시옵소서. 저의 목숨을 원하신다면 그리하겠습니다!"

간곡한 목소리로 청하는 천여휘의 목소리가 떨리고 있었다.

자신을 희생하면서까지 마교를 살리고 싶은 것이 그의 심정이었다.

지금으로서는 압도적인 무력을 가진 마(魔)의 시조 천마만이 모든 것을 반전시킬 수 있는 열쇠였다.

"목숨을 바쳐?"

천여휘의 비장한 각오에 천마가 묘한 얼굴이 되어 두 눈을 감았다.

한참을 생각하던 그가 눈을 뜨며 입을 열었다.

"너, 희생할 각오가 되어 있다고 했느냐?"

천여휘의 두 눈이 휘둥그레 커졌다.

그 말이 의미하는 바는 단 하나였다. 드디어 천마가 마음을 결정을 굳힌 것이었다.

"그, 그렇습니다!"

그런 천마의 결심을 확인한 천여휘가 눈시울을 붉히며 힘차게 답했다.

이에 천마가 그의 턱을 손으로 잡아 올리며 의미심장한 목소리로 말했다.

"그럼 네놈의 몸뚱이를 내놓아라."

"……?!"

눈시울을 붉히던 천여휘의 얼굴이 한순간에 창백해졌다.

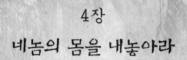

4장

네놈의 몸을 내놓아라

대뜸 몸을 내놓으라는 말에 한순간 꿀 먹은 벙어리가 된 천여휘였다.

　어떤 의미로 한 말인지 도통 이해가 되지 않았다.

　"조사님, 결례가 되지 않는다면 무슨 말씀이온지……."

　"말 그대로 네놈의 그 몸을 나에게 넘기라는 말이다."

　"제, 제 몸을 말입니까?"

　"그렇다."

　천마의 목소리는 단호했다.

　그가 원하는 요구 사항은 바로 천여휘의 몸이었다.

천여휘는 여간 당황스럽지 않을 수밖에 없었다. 이미 천마의 혼백이 늙은 대제사장의 몸에 깃들었는데, 그의 육신을 넘기라는 것은 도대체 무슨 의미인 것일까.

"내 도움을 받고 싶다면서. 마음 바뀌기 전에 내놓아."

"그렇지만 어찌하여?"

"멍청하긴! 이딴 다 죽어가는 노구로 현천신공의 극의를 발휘하는 것이 가능할 것 같으냐?"

"아!"

천마가 몸을 넘기라고 한 이유는 단 하나였다.

천양지체의 육신을 원하는 것이었다.

아무리 일대 종사인 천마라고 할지라도 처음부터 무공을 제대로 익힌 것도 아닌 다 죽어가는 노인의 몸으로는 한계가 있었다.

괜히 무리해서 무공을 연마하다가 급사하는 것이 이상하지 않을 정도였다.

"현천신공은 극도의 양기를 필요로 한다. 빠른 성취를 위해선 천양지체가 적합하지."

고개를 젓는 천마에게 의아한 표정으로 천여휘가 물었다.

"한데, 아까 전에 보여주셨던 것은 대체 무엇입니까? 현천신공이 아니옵니까?"

"뭐? 현천신공이 아니냐고? 허허허."

"…소손은 도저히 이해가 가지 않사옵니다."

아까 전, 마기를 유형화해서 자신들을 제압했던 그 힘의 정체는 대체 무엇이란 말인가.

현천신공을 거의 대성한 교주나 태상교주조차도 그런 신기에 가까운 마기를 운용하는 모습을 보여준 적이 없었다.

"이런, 이런……."

천마가 뒷짐을 지며 묘한 미소를 짓더니 그의 주위를 한 바퀴 돌았다.

무엇 때문에 자신의 주위를 빙 도는 건지 의아해진 천여휘가 그에게 묻기 위해 입을 떼려는 순간.

스스스스!

천마가 돌았던 발자국을 따라서 흑색 운무가 피어오르기 시작했다.

그것은 작게 피어나 서서히 자라더니 천장까지 치솟으며 천여휘의 주위를 회오리치듯 돌았다. 갑작스러운 회오리에 천여휘가 자신도 모르게 소리치고 말았다.

"으헉!"

오싹!

회오리치는 흑색 운무에서 소름이 돋을 만큼 흉흉한 마기가 감돌고 있었다.

갇혀 있는 천여휘와 달리 눈앞의 놀라운 광경에 천나연과

오 장로의 얼굴에선 경외심이 피어올랐다.

"이… 이것은 무엇이옵니까?"

처음에는 당황했었지만 자신을 위협하지 않는 흑색 운무의 회오리의 속에서 어느 정도 적응되었는지 천여휘가 조심스럽게 물었다.

"이건 현천신공이다."

"현천… 신공이라뇨? 이것이 현천신공이란 말씀입니까?"

현천신공(玄天神功).

마교의 시조인 천마가 창안한 절세의 신공절학이다.

십이 단공으로 나누어진 현천신공은 그가 말년에 자신의 심득을 정리한 무공이었다.

마교의 혈손들을 위해 남긴 무공이었지만 여태껏 천마 이래로 누구도 현천신공의 끝인 십이 단공을 익힌 자가 없었다.

"저 역시도 조사님이 남기신 현천신공의 원본을 본 적이 있으나, 이런 것은……"

내공을 갈고닦은 자가 경지에 오른다면 그것을 유형화할 수 있는 것이 기(氣)이다.

기를 유형화했을 때, 자신의 육신을 통해서, 혹은 검이나 도를 통해서 발산하는 형태를 권기(拳氣), 검기(劍氣)라고 한다.

그러나 이것들은 말 그대로 자신이 가지고 있는 육신의 내공을 단련하여 깨달음을 통해 기를 응집한 고도의 무공이었다.

'마기를 어떻게 유형화한단 말인가?'

무림인들에게 있어서 정파의 정순한 기운이나 마인들이 가지고 있는 마기는 일종의 그 의지에서 발현되는 속성(屬性)과도 같았다.

태상교주를 비롯해 교주에게 현천신공을 사사받은 소교주 천여휘 역시도 자신의 현천신공을 통해 마기를 키워왔고, 검기에 그것을 실을 수 있다. 하지만 현천신공의 끝을 바라보았다던 태상교주조차도 이처럼 마기를 유형화하는 것을 본 적이 없었다.

"설마 지… 지금 보여주고 계신 것은 현천신공의 십이 단공이십니까?"

현천신공의 마지막 경지인 십이 단공.

여태껏 시조 천마 이래로 누구도 현천신공의 끝인 십이 단공을 익힌 자가 없다고 불릴 만큼 극악의 경지라 불리는 단계이다.

천 년이라는 기간 동안 수많은 역대 교주가 현천신공의 끝을 보기 위해 각고의 노력을 했으나, 누구도 그 경지에 이르지 못했다. 오히려 십일 단공에 오른 자조차도 거의 없을 정도였으니 말이다.

'전대 오황(前代五皇)이셨던 조부님만이 역대 교주님들 중에서 유일하게 십일 단공의 경지를 밟았었다.'

천여휘의 조부이자 태상교주였던 천여극.

전대 오황 중 일인이었던 그는 마교의 역사상 천마 이래로 가장 천재라 불렸던 자였다.

역대 교주들 중에서 천마 이래로 처음으로 십일 단공의 경지를 개척했던 유일한 인물이었다. 그런 무공의 기재였던 태상교주조차도 말년까지 현천신공의 십이 단공을 넘어서 시조인 천마처럼 등선하기 위해 갖은 노력을 했었다.

'그런 조부님조차도 돌아가시기 전에 포기했던 경지였다.'

태상교주의 사인은 주화입마였다.

십일 만공을 익히면서 화경을 극에 이르러 현경의 초입을 바라본 태상교주는 십이 단공을 자연지도의 경지로 해석했었다.

마교의 시조 천마는 마도의 인물 중 최초로 우화등선했다.

여태껏 우화등선은 선도를 익힌 자들이나, 자연지도의 경지에 이른 정종 무림인만이 가능한 일이라 여겼었다.

'무리해서 자연지도를 깨닫기 위해 정파의 무공들 역시도 섭렵했었지.'

현천신공의 근본은 마도였다.

마도의 무공으로 그 끝에 다다른 자가 마지막으로 실수를 했던 것이다.

억지로 정종의 최고의 경지인 자연지도를 포용해 십이 단공에 오르려 했던 태상교주는 상극의 기운을 이겨내지 못하고 결국 주화입마를 입고 만다.

그런 조부가 말년에 혈손들에게 남겼던 유언이 떠올랐다.

"쿨럭쿨럭, 어쩌면 현천신공은 그분만을 위한 무공이었을지도 모른다. 여전히 나는 모르겠구나. 너희들은 십 단공이나 십일 단공에 이른다면 억지로 그분의 발자취를 따르지 말도록 하여라."

그 말을 마지막으로 태상교주는 세상을 떠났다.

이후로 교주는 고인의 유지에 따라 억지로 현천신공의 경지를 높이기 위한 노력을 버렸다.

이미 십 단공의 경지만으로도 무림에서는 수위에 꼽히는 고수가 되었기 때문일지도 몰랐다.

"정녕 이것이 십이 단공이 맞사옵니까?"

"멍청하긴, 네 눈에는 이게 십이 단공으로 보이느냐?"

"네엣?"

"이건 등선하면서 내가 깨달은 것이다. 어찌 보면 십삼 단공이라 하여야 맞겠지."

"어… 어떻게 그것이 가능한 것이옵니까? 조사님의 육신은……."

노하기라도 할까 차마 뒷말을 잇진 않았지만 내공조차 경미

한 노구였다.

더군다나 현천신공을 익히지 않은 육신이었다.

그런 육신으로 십이 단공을 넘어선 십삼 단공을 선보인다는 것이 가능한 말이란 건가.

천여휘는 제대로 이해하지 못했으나, 엄밀히 얘기한다면 현천신공의 십삼 단공은 육신이 아닌 원영신이 새겨진 경지였다.

"내공조차 경미하지. 그래서 이 정도가 다지, 하압!"

쿵!

천마가 바닥을 향해 진각을 밟자 천여휘의 몸을 둘러싸고 있던 흑색 운무의 회오리가 요동을 치며 좁혀지더니 그를 압박했다.

휘리리릭!

"어엇!"

놀란 천여휘가 당황한 나머지 십 성의 내공을 끌어 올려 호신지체를 펼쳤다.

좁혀지는 흑색의 운무와 맞닿은 천여휘의 얼굴은 긴장 일색이었지만 그의 호신지체와 부딪친 흑색 운무는 힘을 잃은 돌풍처럼 서서히 수그러들어 사라져 갔다.

"이… 이건?"

천여휘는 아무런 상처도 내상도 입지 않았다.

자신을 갈기갈기 찢어버릴 것 같던 흉흉했던 마기의 회오리가 마치 환상이었던 것처럼 느껴졌다.

"이제 알겠느냐? 이 늙고 내공조차 경미한 육신의 한계를!"

"마기만으로 한계가 있군요?"

"아무리 마기를 유형화한다고 해도 가지고 있는 내공이나 그 경지가 미천하면 하등 쓸모가 없는 거지."

천마가 혼백으로 천 년간 갈고닦은 마기는 상상을 초월한다.

그렇기에 마교의 혈손이나 마기를 가지고 있는 마인들은 자신들도 모르게 위축되고, 압도적인 천마의 마기에 굴복하게 된다. 하지만 그것은 물리적인 것이 아니라 심적인 것과 기세의 문제였다.

"크큭, 만약 내 원래의 몸이었다면 유형화된 마기에 네 녀석은 시신조차 남아나지 않았을 거다."

"아아아!"

'정녕 이분의 힘은 놀랍구나. 과연 천마 조사님이시다!'

이제야 천마가 하는 말의 의미를 깨닫게 된 천여휘였다.

천마가 했던 말을 전혀 이해하지 못하는 그에게 직접 마기를 유형화해서 보여주었던 것이었다.

결국 시조인 천마의 깨달음을 육신이 좇아오지 못하는 형편이었다.

그것만으로도 감탄이 나오는 천여휘였다.

천마의 말대로 그가 진정으로 천양지체의 육신을 얻어 원래의 경지를 회복한다면 얼마나 대단할지 상상조차 되지 않았다.

"그래서 조사님은 저의 육신이 필요한 것이군요."

"그래. 이제 알았다면 네놈의 몸을 곱게 넘겨라."

더 이상 설명하기 귀찮다는 듯이 천마가 휙휙 손을 내저으며 말했다.

그런 그를 향해 천여휘가 정중하게 무릎을 굽히고 포권을 취하며 힘 있는 목소리로 말했다.

"소손, 기쁜 마음으로 신교를 위해 기꺼이 조사님께 몸을 바치겠나이다!"

천마에게 몸을 넘기는 것이야말로 마교를 위한 거룩한 희생이었다.

스스로의 힘으로 하지 못하는 것이 안타깝지만 절체절명의 위기를 맞은 마교에서 자신이 할 수 있는 것에는 한계가 있었다.

그나마 육신을 넘기기 전에 이런 천마의 힘을 간접적으로나마 보게 된 것이 다행이라는 생각이 드는 천여휘였다.

"오라버니……."

그런 천여휘를 바라보며 천나연이 안타까운 목소리로 불렀다.

비록 그들 오누이가 마교의 부흥을 위해 스스로들을 희생
키로 결정했지만 씁쓸해지는 것은 어쩔 수가 없었다.

"조사님, 그럼 다음 월식 때까지 거처를 정하셔서……"

"뭐? 다음 월식?"

다음 월식이라는 말에 갑자기 천마의 눈썹이 치켜 올라갔
다.

이에 천여휘가 의아해하며 조심스럽게 답했다.

"조사님, 지금 당장 의식을 할 수가 없습니다. 다음 월식이
행해지려면 상당 시일이 걸립니다."

"하… 정말, 이 새끼!"

"네?"

거칠게 욕을 내뱉은 천마가 한 행동은 다음과 같았다.

퍽!

"억!"

발로 냅다 천여휘의 턱을 차버린 것이었다.

천나연 역시도 놀랐는지 '꺅' 하고 소리치고는 눈을 질끈 감
아버렸다.

부복해 있던 자신을 발로 차버리자 당황한 천여휘가 입안
에서 터진 피를 내뱉었다. 그리고 그를 올려다보며 소리쳤다.

"조… 조사님! 왜 그러시는 것이옵니까?"

"네놈은 정말 멍청하구나. 의식이 왜 월식에 행해지는 줄도

모르고 어떻게 한 것이냐?"

천마는 어이가 없다는 표정을 지으며 그를 나무랐다.

말은 하지 않았지만 자신을 부활시키는 의식을 어떻게 진행했는지 이해가 가지 않을 정도였다.

"월식에 의식을 행하는 것은 그때 이승과 저승의 경계가 모호해지기 때문이다."

"아……!"

"내 혼백을 불러오기 위해서 그랬을지 몰라도, 지금 내가 이승에 있는데 무엇 때문에 월식에 의식을 행한단 말이더냐."

"모… 몰랐습니다. 송구하옵니다!"

의식의 대부분을 진행한 것은 오 장로였기 때문에 사실 천여휘로서는 대략적인 것만 알고 있었지만 천마에게 그것을 변명하기에는 제대로 알아두지 못했던 자신이 부끄러웠다.

"그럼, 조사님, 언제쯤 의식을 행하는 것이 좋겠습니까?"

"장난하느냐? 지금 당장 해."

천양지체의 몸을 얻는 것은 지금의 천마에게는 매우 필요한 일이었다.

하지만 그보다도 더 중요한 것이 있었다.

빨리 이 짜증 나는 늙은 노구에서 벗어나고 싶었다.

천마 특유의 호기로 버티고 있었지만 온 뼈마디가 쑤시고 일어서 있는 것조차 힘든 늙은 대제사장의 육신이었다.

그런 사정을 모르는 천여휘로서는 그가 서둘러 재촉하는 것이 어서 빨리 예전의 무공 수위를 회복하고 싶어서 그러나 보다, 하고 짐작할 뿐이었다.

"오 장로!"

"부르셨소, 소교주."

하도 울어서 눈이 퉁퉁 부어오른 오 장로가 힘없는 목소리로 답했다.

오 장로 역시도 방금 전 그들의 대화를 들었기에 천여휘가 무엇을 말하려는지 대충 짐작하고 있었다.

"다시 의식을 거행해야겠소."

"하오나, 그러려면 의식을 준비하고 그걸 행할 제사장들이 필요합니다."

"그렇겠군."

금지된 의식을 행하면서 열두 제사장이 전부 희생됐다.

제단의 바깥쪽 바닥에 원을 그리며 쓰러져 있는 시신들이 그 증거였다.

죽은 이들이 다시 살아나 의식을 거행할 수는 없으니 또 다른 제사장들을 불러야 했다.

"다른 제사장들을 데리고 의식을 준비할 터이니, 건너편 건물에 있는 침소에서 잠시 쉬고 계시는 게 어떠실는지요."

조사인 천마를 이곳에서 마냥 기다리게 할 수는 없었다.

그렇기에 오 장로는 의식을 준비하는 동안 그가 쉬면서 기다릴 수 있는 장소를 마련했다.

침실로 안내를 한 것은 천여휘였다.

"조사님, 제가 모시겠습니다."

오 장로와 천나연은 다른 제사장들에게 협조를 구하러 갔다.

의식을 위해 희생할 이들을 다시 구하려면 설득이 필요하다. 아무래도 마교를 위한다고 하여도 목숨을 걸고 하는 일이었기 때문이다.

끼이이익!

금지(禁地)라고 적혀 있는 낡은 문이 열렸다.

제단이 있는 건물은 붉은 천으로 둘러싸여 있었다. 그곳에서 나오니, 건물 앞으로 넓은 정원이 펼쳐져 있었다.

한밤중이었지만 달빛이 드는 정원에서 나는 그 공기가 사뭇 쾌청했다.

한 걸음, 한 걸음 정원을 걷는 천마가 길게 숨을 들이켜며 오랜만에 감상에 젖었다.

'하아~ 오랜만의 인세(人世)의 공기로구나.'

등선하고 도의 중턱에서 살아온 세월보다 더 긴 나날을 수양해 왔다.

저승에는 향(香)이라는 개념이 없었다.

오감으로 인지하기보다는 제 육감으로 인지하는 세계였다.

밤의 정취와 향을 맡으니 묘할 정도로 부활했음을 실감할 수 있었다.

"나쁘지 않구나."

"그렇습니까?"

의식을 위해 여러 방면으로 노력해 주었던 대제사장이었다. 백이십 세의 노구를 끌고 마교의 부흥을 위해 망설임 없이 희생했던 그는 참으로 온화했던 노인이었다.

그런 대제사장의 육신에 천마의 혼백이 들어온 것만으로 이렇게 다른 분위기가 날 수 있는 것일까.

'인간의 육신을 지탱하는 것은 혼백이라 해도 과언이 아니구나.'

비록 육신은 다 죽어가는 노인의 모습이었지만 붉은 눈에서 뿜어져 나오는 강렬한 투기는 말로 형용키 힘들었다.

천여휘가 멍한 눈으로 대제사장을 그리며 천마를 바라보던 찰나였다.

"불청객이 있구나."

"네?"

천마가 눈을 가늘게 뜨더니 정원 한가운데에 있는 거대한 나무 기둥을 보며 입을 열었다.

이를 눈치채지 못했던 천여휘가 긴장된 표정으로 나무 기둥을 바라보며 소리쳤다.

"누구냐!"

"……."

넓은 정원에 천여휘의 목소리가 메아리처럼 울려 퍼졌지만
나무 기둥에서는 아무런 반응도 없었다. 다른 사람도 아니고
천마가 실수할 리가 없다고 생각한 천여휘가 나무 기둥을 향
해 조심스럽게 걸어갔다.

바로 그때.

스스슥! 나무 기둥 뒤에서 낯선 인영이 모습을 드러냈다.

기둥의 그림자에 가려져 있어서 흐릿했지만 그 호리호리한
체형을 보아 여자인 듯했다.

"여자?"

천여휘가 눈살을 찌푸렸다.

이곳 제단이 있는 근처의 정원까지는 금지(禁地)였기에 교주
의 혈통이 아니고는 마교의 장로들이라고 할지라도 가벼이 출
입할 수 없는 곳이었다.

"누구냐! 이곳은 함부로 들어올 수 있는 곳이 아니다."

"그런가요? 몰랐군요."

듣기 좋은 청아한 목소리였다.

그림자에 가려진 여자는 손을 들어 보이며, 능청스럽게 말
을 했다.

"……?"

목소리를 들은 천여휘의 눈썹을 찡그렸다.

그 목소리의 주인이 누구인지 짐작했기 때문이었다.

"마 소저!"

"이런 들켰네요."

나무 기둥 그림자에서 인영이 앞으로 걸어 나오자 밝은 달빛에 그녀의 정체가 드러났다.

남색 계열의 가슴이 살짝 파인 육감적인 옷을 입고 있는 여인이었다.

보기 드문 단발에 짙은 눈 화장과 붉게 물든 입술을 하고 있는 그녀는 묘한 색기마저 풍기고 있었다.

[조사님! 부교주 마중달의 여식인 마연화입니다.]

천여휘가 전음으로 그녀의 누구인지를 밝혔다.

천마가 대제사장의 모습을 하고 있었기에 마연화에게 정체를 드러내면 안 되었기 때문이었다.

[그래? 바람직하구나.]

[네?]

뜬금없는 그의 말에 천여휘가 인상을 쓰며 그를 바라보았다.

천마의 시선은 그녀의 얼굴이 아닌 파여 있는 가슴 부분을 노골적으로 바라보고 있었다.

천마가 활동하던 시기에는 가슴골이 보일 만큼 파인 옷을 입은 여인이 없었다.

"흐으으음."

워낙 노골적으로 쳐다보았기에 마연화가 자신의 가슴 부분을 손으로 살짝 가렸다.

늙은 대제사장의 몸으로 거리낌 없는 행동을 하는 천마의 모습에 천여휘는 저도 모르게 고개를 절레절레 흔들었다.

[위험한 여자입니다. 조사님, 부디 자중해 주십시오.]

결국 전음을 통해 직접적으로 주의를 하는 천여휘였다.

[뭘 자중하라는 거냐?]

[지금 당장 조사님의 정체를 들키면 안 됩니다.]

지금 마교 내에서 가장 위험한 적은 부교주인 마중달이었다.

그런 만큼 부교주의 여식인 마연화에게 정체를 들켰다가는 상황이 복잡해질 수 있었다.

천마 역시도 그가 말하는 의미를 알고 있기에 불만족스러웠지만 고개를 끄덕였다.

[부디!]

[흥, 알겠다.]

퉁명스럽지만 알겠다는 천마의 확답을 듣고서야 안심이 된 듯, 천여휘가 마연화를 향해 물었다.

"마 소저께서 어인 일로 야심한 시각에 이곳 금지 구역까지 온 것이오?"

"소교주께 아까 몰랐다고 얘기했는걸요."

입술에 손가락을 갖다 대며 유혹하는 여인처럼 말을 하는 마연화의 태도는 의구심을 자아내고 있었다.

'무슨 속셈으로 이곳으로 온 것이라 말인가?'

정파 무림맹과의 전쟁으로 폐인이 된 교주와 장로들의 태반이 목숨을 잃으면서 부교주의 위세가 날이 갈수록 오르고 있었다. 덕분에 부교주 일파의 세력과 그의 여식인 마연화의 태도도 마찬가지로 방자해지고 있었다.

"그 걸로는 답이 되지 않소. 금지에서 무엇을 하는 것이오? 너무 수상하지 않소?"

"호호, 그런가요? 꼭 이 예쁜 정원까지 금지일 필요는 없잖아요?"

가볍게 웃어넘기는 마연화의 태도에 천여휘가 인상을 찡그렸다.

외부에서 초빙되어 온 인사의 딸이라고는 하나, 엄연히 마교에 속했으면 그 법도를 따라야 했다. 그런데 그런 그 자체를 부정하고 드는 것이었다.

"지금 그걸 말이라고 하는 거요?"

"후후, 소교주, 너무 열 내지 마셔요. 멋진 얼굴로 그러시니

제가 무섭잖아요."

"지금 본 소교주를 상대로 말장난을 하는 것이오?"

"어머, 아니랍니다. 소녀가 어찌 대천마신교의 소교주를 상
대로 그렇게 할까요."

손끝으로 자신의 머리카락을 꼬면서 교태를 부리며 말하는
그녀의 모습은 남자를 상대하는 것에 있어서 이골이 난 듯했
다. 천여휘는 자신도 모르게 그녀의 화법에 휘말리고 있었다.

화가 나서 얼굴이 상기되려고 하는 천여휘를 보며, 마연화
가 빙그레 웃으면서 말을 이었다.

"소녀는 단지 마른하늘에 치던 벼락이 신기하게도 금지로
떨어진 것을 우. 연. 히 보아서 이곳으로 왔답니다."

'이런… 젠장!'

내색하지 않으려 했지만 마연화의 말에 천여휘의 동공이 미
세하게 떨렸다.

죽은 자를 부활시키는 의식은 순행을 거스르는 일이었기에
천지가 개벽을 치듯 변화를 일으킨다. 벼락과 천둥소리는 바
로 그 증거였었다.

"그… 그건……."

"소교주께서도 보셨지요?"

지레 찔려 버린 천여휘는 뭐라고 말을 해야 좋을지 몰라 말
을 더듬었다.

한순간에 전세가 역전되어서 금지에 들어온 그녀가 오히려 추궁하는 형태가 되어버렸다.

'멍청하기는 기세에 밀려서, 쯧쯧.'

소위 마교의 소교주라는 자가 젊은 소저와의 대화에 주도권을 빼앗겨서 말 한마디 제대로 못 하는 꼴이 참으로 우스워지는 천마였다.

"어이."

"어이?"

결국 보다 못한 천마가 상황에 개입하고 말았다.

뜬금없이 어이라고 부르는 천마의 말에 마연화의 고운 검미가 올라갔다.

"지금 제게 그렇게 부른 건가요?"

"네년 말고 누가 있느냐?"

"네… 년?"

마연화는 순간 자신의 뒷목을 잡을 뻔했다.

그녀가 보기에 소교주의 옆에 있는 자는 마교의 제사장의 복식을 갖추고 있었다.

더군다나 저렇게 앙상하고 나이가 지긋한 노인이라면.

"흠흠, 대제사장 어른이시군요."

그런데 이상했다.

대제사장의 말투가 예의에 한참은 벗어나는 어투였다.

더군다나 자신은 다른 사람도 아니고, 오황의 일인이자 부교주의 여식이었다.

비록 마교 내에서 제사 의식을 담당하는 주요한 위치에 있다고는 하나 그래봐야 제사장에 불과했다.

'고작 제사장 따위가 무슨 시정잡배같이!'

대화의 주도권을 잡기 위해서 강하게 나가는 것인가?

소교주도 아니고 고작해야 일개 대제사장을 상대하면서 이성을 잃을 순 없었다. 여기서 흥분하면 겨우 잡은 주도권을 뺏기고 말 것이다.

잠시 고민했던 마연화가 미소를 지으며 입을 열었다.

"그러고 보니 대제사장 어른과는 본 교의 의식 때나 안면만 있었지, 대화 한번 제대로 해보지 못했군요."

"그딴 말은 집어치우고."

"네엣?"

마연화의 표정이 한순간 어리벙벙해지고 말았다.

상대방의 말을 전혀 듣지 않는 시정잡배들이나 쓸 법한 외골수 같은 화법이었다.

애초에 자신이 부교주의 여식임은 전혀 신경 쓰지 않는 듯했다.

"하늘에서 번개가 치든 말든, 금지로 왜 들어온 거냐?"

"그… 그건……."

다시 전세가 역전되었다.

금지로 번개가 쳐서 그 연유가 궁금해서 들어왔다고 얘기했는데, 그런 건 전혀 상관없다는 식으로 뭉개 버리니, 마연화로서는 말문이 막힐 수밖에 없었다.

"제대로 말하지 않으면 마교의 법도대로 처리하겠다."

마교의 법도.

힘의 논리를 가진 마교더라도 엄연히 그 규율이 존재한다.

교주의 명령이나 그 법도를 어길 경우는 즉각 처분이 가능하다.

인정사정없이 몰아붙이는 천마의 말에 마연화가 표정은 가관도 아니었다.

"마교의 법도라뇨? 절 어떻게 하시겠다는 건가요?"

"즉각 처분!"

"…저, 절 죽이기라도 하시겠다는 건가요?"

마연화가 떨리는 목소리로 그를 향해 물었다.

과연 눈앞에 있는 자가 자신이 알고 있던 그 대제사장이 맞나 의심이 되었다.

마교 내에서도 온화한 할아버지와 같은 인상으로 유명한 대제사장이었다.

더군다나 일신의 무공조차 낮고 늙은 그가 이렇게 살기 어린 협박을 하니 여간 당황스럽지 않을 수가 없었다.

'옆에 있는 소교주를 믿고 이러는 것인가?'

아무 말이 없는 소교주는 대제사장의 이러한 태도를 용인하는 것 같았다.

사색이 되어 당황하는 마연화를 보니, 그녀에게 당했던 천여휘는 속이 다 시원해졌다.

"흥!"

잠시 말문이 막혔던 그녀가 꽤 화가 났는지, 여유로움은 사라지고 입술을 파르르 떨면서 물었다.

"지금 그게 가능하리라 보나요? 제 아버님이 그냥 넘어갈 것 같으신가요?"

자신은 현재의 마교에서 가장 강한 영향력을 가진 부교주의 딸이었다.

교주가 정도 무림맹과의 전쟁에서 양팔이 잘리고 폐인이 된 상황에서, 실권을 가진 것은 그 자식들이 아닌 바로 자신이었다.

그녀의 눈빛은 그렇게 말하고 있었다.

"웃기는 계집이로군. 그게 가능하지 않을 거 같나?"

천마의 목소리가 차갑게 식었다.

달빛을 머금고 신비롭기까지 했던 그 홍안이 핏빛처럼 물들어가고 있었다.

흉흉한 살기가 사방을 몰아치듯 감돌고 있었다.

흠칫!

'허억.'

천마와 눈이 마주친 그녀는 자신도 모르게 놀라 흠칫하며 뒷걸음을 쳤다.

그것은 단순히 기세에서 밀린 것이 아니었다.

천마의 피처럼 붉은 눈을 마주하는 순간, 알 수 없는 흉흉한 마기에 사로잡혀 두려움을 느낀 것이었다. 자신이 공포를 느꼈다는 사실을 인지한 것은 짧은 찰나였다.

'이자가… 정말 내가 알던 그 제사장이 맞는 거야?'

그녀는 의문스러웠다.

아무리 실제로 대면한 적이 없기는 했으나, 마교 내에서도 온화하기로 유명한 자였다.

이 모습이 만약 진정으로 대제사장이라면 모든 마교인은 속은 것이리라.

분한 마음에 용기를 내서 다시 눈을 마주하려 했지만 사방을 감도는 마기에 얼굴조차 쳐다보지 못했다. 오히려 몸 전체가 떨려왔다.

바로 그때 천마의 표정이 묘하게 바뀌었다.

사방으로 감돌던 흉흉한 마기가 언제 그랬냐는 듯이 사라졌다.

"…재미있군."

"넷?"

"알 것 없다."

갑작스러운 천마의 돌변한 태도에 한층 공기가 가벼워졌다.

흉흉한 마기가 사라지자 그녀의 떨리던 몸도 진정이 되었다.

'하아… 이 늙은이, 힘을 숨겼던 것인가?'

분했는지 입술을 깨물던 그녀가 허탈하다는 듯이 숨을 내쉬며 입을 열었다.

"…제가 졌어요. 신교의 법도를 어긴 것에 관해서 사죄드립니다."

그렇게 말한 마연화가 소교주를 향해 예를 표하듯 한쪽 무릎을 꿇었다.

공손하게 말을 하고 있었지만 그 눈빛에는 분함이 가득했다.

"귀찮게 굴지 말고 꺼져라."

"……!"

그런 마연화에게 천마는 관심이 없어졌다는 것처럼 손을 휘휘 저으며 말했다.

으득!

'소교주조차 아무 말도 없는데… 이 늙은이가 감히!'

이에 굴욕감을 느낀 그녀는 일그러진 얼굴로 뒤도 돌아보지 않고, 경공을 펼쳐 가버렸다.

"조사님, 대단하십니다!"

마연화가 가버리자 천여휘가 들뜬 목소리로 말했다.

혹시나 실수로 부활 의식을 치른 것을 들킬까 봐 불안했는데, 마연화가 꼬리를 내리고 도망치는 것을 보니 한결 천마에 대한 믿음이 커졌다.

그런 천여휘의 들뜬 모습에 천마가 한심하다는 표정을 짓더니 이내.

펙!

"억!"

그의 엉덩이를 발로 걷어차 버렸다.

갑자기 걷어차인 천여휘는 무슨 영문인지도 모르고 '억' 소리를 내며 천마를 바라보았다.

"소교주란 놈이 한심하게 한낱 계집한테 말싸움으로 밀리기나 하고."

"……."

결국 천마의 쓰라린 한 소리에 천여휘는 얼굴을 붉히며 고개를 푹 숙이고 말았다.

5장

부교주, 눈치채다

정원을 가로지르니 꽤 넓고 규모가 큰 삼 층 건물이 자리잡고 있었다.

마교의 정규 무사들이 지키는 일 층 입구를 지나오면서 천마는 꽤 많은 주목을 받았다.

그도 그럴 것이 항상 등허리를 두드리며 다니던 늙은 대제사장이 허리를 곧게 피고 어슬렁어슬렁 걸어오니, 평소에 그를 아는 무사들로서는 의아하게 생각하는 것도 당연했다.

"휴."

정작 천마는 태평스러웠지만 천여휘는 긴장으로 진땀을 뺄 수밖에 없었다.

적어도 자신의 육신을 가진 뒤 위엄 있는 모습으로 부활하지 않는 이상, 마교인들에게 천마의 정체를 들켜서는 안 됐다.

똑똑!

침소의 문을 두드리며, 어려 보이는 여자 시종이 하얀 비단천을 덮은 은쟁반을 들고 들어왔다.

"소교주님, 말씀하신 것을 가져왔습니다."

"탁자에 놓고 가거라."

은쟁반을 덮고 있던 비단 천을 벗기자 곰방대와 담뱃가루가 나왔다.

그것은 천마가 일 층에 들어오면서 천여휘에게 가져오도록 지시한 것들이었다.

여자 시종은 담배를 하지 않는 천여휘가 이 층 침소로 그것을 가져오라 시킨 것이 의아했지만 별다른 내색을 않고 방을 나갔다.

시종이 방문을 나가자 천마의 얼굴이 여태까지와 다르게 한껏 들떠 있었다.

"흐흐흐."

"아……."

'조사님…….'

늙은 대제사장의 모습으로 저런 웃음소리를 내니 정말 적응하기 힘든 천여휘였다.

옆에 있는 천여휘를 전혀 신경 쓰지 않는 듯, 천마는 능숙하게 곰방대의 대통에 담배를 털어 넣었다.

담배를 정성껏 넣은 천마는 탁자에 있던 촛대의 촛불로 그것에 불을 붙였다.

쭈우우우욱! 후우!

길게 물부리를 물어 빨아들인 천마가 숨을 내뱉자 하얀 연기가 길게 뻗어 나와 방 안을 자욱하게 메웠다.

"흐흐흐. 그래, 이 맛이야."

천마의 환희에 찬 표정은 정말 행복해 보였다.

등선 전에도 그렇게 좋아했던 담배였다.

도의 중턱에서 혼백으로 피웠던 담배는 그가 세속적인 미련을 벗어나지 못해서 만들었던 신기루와도 같은 것이었다.

"크큭, 역시 진짜가 좋긴 좋아. 쿨럭쿨럭."

워낙 늙은 몸인지라 버티기 힘들었는지 기침을 하면서도 천마는 맛있게 담배를 빨아 넘겼다. 목을 넘어갔다가 나오는 실제 그 쾌감은 남달랐다.

연신 뻑뻑거리며 담배를 즐기는 천마에게 궁금한 표정으로 천여휘가 물었다.

"저, 조사님, 그런데 궁금한 것이 있사옵니다."

"뭔데?"

담배를 피우자 기분이 한껏 좋아진 천마가 연기를 내뿜으며 고개를 끄덕였다.

"아까 전에 갑자기 마 소저를 보내신 이유가 무엇입니까?"

숙소를 안내하면서 천여휘는 계속 생각했었다.

그녀가 무언가를 의심하기 전에 천마가 잘 해결했지만 살기등등하게 마연화를 압박하던 마기를 갑자기 푼 저의가 궁금했다.

뻑뻑!

"후우~ 궁금하냐?"

"그야, 갑자기 기분이 바뀌신 것처럼 보이시기에……."

"꽤 재미있더구나."

"네?"

뜬금없는 천마의 말에 이해가 가지 않는지 천여휘가 되물었다. 이에 천마가 오른쪽 입꼬리를 올리며 의미심장한 목소리로 말했다.

"기대 이상이더군."

"…마연화의 가슴 말입니까? 물론 그녀가 가슴도 크고, 굉장히 요염하기는 하나……."

뻑!

"아야야!"

곰방대에 머리를 맞은 천여휘가 머리를 감싸며 아픈 표정으로 눈을 동그랗게 떴다.

그런 천여휘를 보며 천마가 곰방대를 다시 빨아들이고는 천천히 연기를 내뱉으며 말했다.

"내가 그 계집 얘기를 하는 줄 아느냐."

"아니… 셨습니까?"

그렇게 마연화의 가슴을 뚫어지게 쳐다보기에 그런 줄 알았던 천여휘였다.

이에 천마가 한심하다는 표정으로 그를 노려보며 말했다.

"쯧쯧, 멀지 않은 곳에서 화경의 극에 이른 고수가 있었다."

"네에에에엣?!"

화경(化境).

그것은 내경에 있어, 천지인(天地人)의 삼화와 다섯 원소의 오기(五氣)를 조화를 이루어낸 고수를 말한다.

이를 삼화취정(三化聚頂)과 오기조원(五氣造元)이라고 한다.

삼화취정을 이루고, 오지조원의 경지까지 개척하면 환골탈태를 하게 된다.

가히 작은 산을 무너뜨릴 정도의 내공 수위를 가진 괴물인 것이다.

"어쩌면 화경을 넘어섰을지도… 흠, 그 정도 경지라면 네 녀석들이 말한 그 부교주란 놈뿐이겠지."

탁!

천마의 입에서 부교주가 거론되자 놀란 천여휘가 탁자를 박차고 일어났다.

말 그대로 한다면 다른 자도 아니고 부교주인 마중달이 직접 그 자리에 있었다는 것이 아닌가. 그 당시에 천여휘는 정원에서 어떠한 기척도 느낄 수 없었다.

"그때 분명 그 주위에 아무런 기척도 없었습니다. 부교주라뇨?"

"쯧쯧, 넌 정말 멍청하구나."

"멍청하다니요?"

"나조차도 그자가 존재감을 드러내서야 알아챘는데, 네가 어떻게 그걸 알겠느냐?"

태평스럽게 던지는 천마의 말에 천여휘의 턱이 벌어졌다.

마교의 시조이자 절대 강자인 천마가 느끼지 못했단다.

천마조차 상대의 기척을 전혀 눈치채지 못했었다는 말에 대체 부교주란 자가 얼마나 강한건지 짐작이 가지 않았다.

"어차피 지금 육신으로는 무리였던 것뿐이니깐."

"아……!"

천여휘가 다행이라는 듯이 안도의 한숨을 내쉬었다.

천마의 말처럼 지금 그의 몸은 대제사장의 것이었다.

고작해야 삼십 년 정도의 내공 수위에 불과했기에 아무리 천마라 할지라도 화경을 넘어선 고수의 기척을 감지해 내는 것은 힘들었다.

"감정적인 놈이더군. 크크큭, 제 딸내미를 위협하자마자 존재감을 드러내는 걸 보니."

"그래서 아까 갑자기 그런 말씀을 했었군요."

마연화를 압박하던 천마가 재미있다는 말과 함께 그 마기를 풀었었다.

한데 천마가 살기등등한 마기로 그녀를 압박하자 멀리 숨어서 지켜만 보던 마중달이 그것을 참지 못하고 존재감을 드러냈다.

"크큭, 나를 위협하다니. 오랜만에 느껴보는 신선한 감정이야."

그 멀리서 심장을 파고들 것 같은 날카로운 예기가 뻗어 나와 천마를 향했었다.

놀라운 것은 마연화를 비롯한 천여휘는 전혀 그것을 느끼지 못했다는 것이다.

그것은 오직 천마에게 보내는 일종의 경고였다.

"노, 놀랍군요. 오황의 일인이었기에 강한 줄은 알았지만 그 정도일 줄은……."

전혀 짐작하지 못했었다.

마중달은 무림에서 다섯 손가락 안에 드는 절대자였다.

그 강함은 일반적인 범주를 넘어섰기에 오황의 일인으로 군림할 수 있는 것이었다.

마교의 태상교주가 있지도 않는 부교주라는 직책까지 만들어 마중달을 초빙한 것에는 다 그만한 이유가 있었다.

"…부교주의 힘이 그 정도라면 정말 위험합니다."

단지 그 초빙해 온 절대자가 야망을 드러낸 것이 문제였지만 말이다.

천여휘를 비롯한 원래 마교 세력들이 불안해할 만도 했다.

현 교주조차 전쟁으로 폐인이 되어서 근근이 목숨만을 이어가는 상황에서 절대적인 힘을 가진 적은 절망과도 같았다.

"크큭, 역시 오래 살고 볼 일이야. 검선 이외에도 나를 즐겁게 해줄 녀석들이 있다니. 후우~"

천년이란 세월 동안 무림은 퇴보한 것이 아니라 진일보했다.

자욱한 담배 연기를 내뿜는 천마의 눈빛에선 호승심으로 가득 차 있었다.

원래 호전적인 성향의 천마였다.

천 년 만에 부활해서 복귀한 무림이 시시했다면 굉장히 실망했을 것이다.

오황 중 일인이 이 정도의 힘을 지녔다면 다른 네 명도 어느 정도일지 기대가 되었다.

그런 그에게 천여휘가 불안한 표정을 지으며 말했다.

"딸이 위험했기 때문에 존재감을 드러낸 거겠죠?"

"왜?"

"혹시나 해서입니다."

마중달이 단순히 천마에게 위협만 하고 물러났다고 하니, 천여휘의 입장에서는 신중해질 수밖에 없었다.

굳이 오황 정도나 되는 고수가 딸이라고는 하나, 감정적으로 그 존재감까지 드러내서 천마에게 경고를 할 필요성이 있었는지 이해가 가지 않았다.

다른 사람도 아니고 대제사장의 모습을 하고 있는 천마에게 말이다.

'불안하다.'

어쩌면 화경의 극의에 이른 고수였기에 육신과 별개로 천마의 진면목을 파악했을 수도 있다는 생각이 들었다.

"그자가 조사 어른의 존재를 알아채면 마교를 수복하는 데 상당히 힘들어질 겁니다."

마교를 집어삼키고 싶어 하는 부교주, 마중달이었다.

그런 그가 만약 천마라는 위협적인 존재를 눈치챈다면 상황은 또 다른 국면을 맞을 것이다. 아직은 천마가 원래의 힘을 회복하지 못한 상태였으니 말이다.

불안해하는 천여휘를 본 천마가 긴 담배 연기를 뿜으며 말했다.

"후우~ 어차피 눈치챘다고 달라질 건 없다."

"네? 하지만 아직 조사님께서 힘을 회복하지 못했을 때를 노린다면……."

차마 위험할 수 있다는 말이 나오지 않는 천여휘였다.

그런 그의 마음을 아는지 모르는지, 천마는 속 모를 표정으로 담배 연기만을 내뱉을 뿐이었다. 방 안을 자욱 메운 연기가 천여휘의 심경을 대변했다.

"크큭, 그럼 놈이 나의 존재를 정확히 파악한 거겠지."

"조사님!"

"쯧쯧, 걱정하지 마라."

"네?"

"놈은 쉽게 움직이지 않을 거다."

천마가 단언하듯이 말을 하자 천여휘가 이해가 가지 않다는 표정으로 되물었다.

"움직이지 않을 거라뇨? 어째서 그런 단언을?"

"교주가 폐인이 되었는데도 일 년 동안 움직이지 않을 만큼 신중한 놈이다. 그만큼 조심성이 많다는 거겠지."

정파 무림맹과의 전쟁으로 전력이 반감한 마교.

그런 마교에 자신의 세력을 뿌리 두고 있는 부교주 마중달이다.

폐인이 된 교주를 비롯해 상당수의 장로들이 죽은 시점에서 마교를 전복하려고 든다면 못 할 것도 없는 상황이었다.

"내 혈손들로 이어지던 마교를 삼키려면 그만큼의 명분이 필요하겠지. 놈은 자신의 계획대로 움직일 거다."

"아아!! 역시 조사 어른이십니다!"

놀랍게도 천마는 오 장로에게서 지금까지 들은 마교의 상황만으로 전체적인 숲을 바라보고 있었다. 단순히 좁은 시야로 나무만을 바라보며 걱정을 했던 천여휘로서는 그 혜안에 감탄스러울 정도였다.

'뭐, 그렇다고 해도 만약 내 존재감을 느낀 거라면… 크큭, 더 재미있는 거지.'

이런 천마의 생각을 알게 된다면 천여휘는 또다시 불안해했을 것이다.

굳이 말해야 할 필요성을 느끼지 못했기에 천마는 태연히 곰방대의 담배만 피울 뿐이었다.

한편, 금지 구역에서 떨어진 마교의 서쪽 외곽.

서쪽 외곽에는 마교의 부교주, 마중달의 거처가 있다.

촛불이 아른거리는 마중달의 서재에는 수많은 서적으로 가득했다.

그것은 단순히 무공 서적뿐이 아니라, 병법에 관련된 병서와 같은 것들도 보였다.

서재의 탁자에 앉아 먹을 갈고 있는 중년의 사내가 있었다.

짙은 눈썹에 긴 턱수염의 중년인은 학사와 같은 고상한 분위기를 풍기고 있었다.

똑똑!

누군가 서재의 방문을 두드렸다.

이에 중년인이 고개를 들고 부드러운 목소리로 말했다.

"들어 오거라."

방문을 조심스럽게 열고 들어온 것은 다름 아닌 마연화였다.

마연화의 얼굴은 아까 전의 요염함과는 달리 애교스러운 얼굴을 하고 있었다. 그것은 남자를 향한 것이기보다는 아비를 향한 애정이었다.

"아버님."

그녀가 고개를 숙이자 탁자에서 먹을 갈던 중년의 사내가 일어났다.

고상한 학자와 같은 분위기를 풍기는 이 중년의 사내가 바로 마교의 부교주, 마중달이었다.

그의 별호는 남마검(南魔劍).

오황(五皇)의 일인으로, 광동성의 패자라 불리며 남무림(南武林)에 군림하는 자였다.

"내 딸, 어서 오거라."

그런 그가 딸을 바라보는 눈빛은 따뜻하고 부드럽기 그지없었다.

세상의 어떤 아비가 자식을 사랑하지 않겠는가.

이런 그의 애정 어린 모습을 다른 무림인들이 보았다면 의아해했을 것이다.

"…많이 두려워했구나."

마중달은 딸의 눈빛에서 일말의 두려움을 발견했다.

걱정스러운 표정을 하는 마중달을 바라본 마연화가 고개를 저으며 말했다.

"아니어요. 아버님이 계신데 제가 어찌 그들을 두려워할까요."

그녀는 아버지인 마중달에 대한 믿음이 두터웠다.

만약 자신이 곤란해진다면 분명 마중달이 나서리라고 믿었기 때문이었다.

하지만 그녀는 아직 모르고 있었다.

마연화가 천마의 살기 어린 마기에 제압되었을 때, 마중달이 존재감을 드러내며 개입했던 것을 말이다.

"아버님, 너무 걱정하지 마셔요. 이렇게 무사히 왔잖아요."

"흠, 그래도 다음부터는 벗어나는 행동은 하지 말거라. 아직은 때가 아니야."

"네에."

그녀가 고개를 숙이며 죄송스러운 표정으로 답했다.

마중달이 하는 말의 의미를 잘 이해하는 그녀였다.

가지 말라는 아버지의 당부에도 몰래 금지 구역으로 정황을 염탐하러 갔던 마연화였다.

"그런 염탐하는 일은 네가 아니어도 할 자들이 많으니 말이다."

갑자기 마른하늘에 일어난 천지의 변화.

마중달과 같이 화경에 극에 이른 자가 그것을 느끼지 못할 리가 없었다.

알 수 없는 천지의 변화를 감지한 마중달은 그 역행하는 힘이 금지 구역에서 흘러나오는 것을 알 수 있었다. 그렇기에 사람을 보내 정황을 염탐하려 했던 것이었다.

'후우.'

단지 멋대로 마연화가 그곳에 염탐을 하러 간 것이 예상치 못했던 돌발 행동이었었다.

덕분에 노심초사 기(氣)의 망(網)을 펼쳐서, 금지 구역을 살펴야 했던 마중달이었다.

"죄송해요. 그래도 그들이 절 눈치챌 줄은 몰랐어요."

"흠."

자신의 독문무공을 익힌 마연화의 무공 수위가 그리 낮은 편은 아니었기에 마음먹고 은신을 한다면 특별히 들키지 않을 거라 여겼었던 마중달이었다.

"널 발견한 자가 소교주이냐? 아니면 혹 다른 자였더냐?"

"네? 아니요. 제 은신을 눈치챈 사람은 소교주였어요. 역시 아버님, 저를 살펴보고 계셨군요."

그녀가 누군지 말하기도 전에 그들을 알아채자 그제야 마중달이 자신을 살피고 있었던 사실을 알게 된 마연화였다.

한 가지 이상한 것은 소교주를 언급하면서, 대제사장의 존재는 모르는 것 같았다.

"아비가 되어서 걱정되지 않을 리가 없잖느냐."

자신을 믿지 못한 것이 아님을 알기에 마연화는 섭섭한 표정을 지으면서도 별다른 불만을 얘기하진 않았다.

"…그때 아버님이 말씀하신 대로 뭔가 이상했어요."

"특별한 무언가를 발견했느냐?"

"아니요. 단지 소교주는 그 알 수 없는 벼락성에 대해서 무언가를 숨기고 있었어요."

"숨기는 것이라……."

마중달이 뭔가 짐작이 가는 것이 있는지 신음성을 내며 눈을 감았다.

화경에 극에 이른 마중달은 현경을 앞둔 고수였다.

현경의 고수는 반선(半仙)이라 불리며 천지의 조화나 흐름을 읽을 수 있다.

아직은 현경에 진입한 것은 아니었지만 그 깨달음에 발을 담근 것만으로도 금지 구역에서 일어난 역행(逆行)하는 천지의 기운을 일부 읽어낼 수 있었다.

"죽은 자라도 살아나지 않는 한, 그런 역행의 기운이 일지는 않을 것인데……."

"죽은 자라뇨? 무슨 소리를 하시는 거죠?"

아버지인 마중달이 하는 말을 이해할 수 없었던 그녀가 인상을 찡그리며 물었다.

이에 그가 감고 있던 눈을 뜨며 마연화에게 조용한 목소리로 말했다.

"혹시 소교주와 같이 있던 자에게서 뭔가 특별한 점을 발견하지 못했느냐?"

"어라! 그걸 어떻게 아셨어요?"

"말해보거라."

마중달의 눈빛은 상당히 진중했다.

무언가 짐작하는 것이 있기에 그런 것일지도 몰랐다.

평소와 다른 아버지의 눈빛에 이상하게 생각한 마연화가 계속 말을 이었다.

"안 그래도 대제사장도 그곳에 있었는데 평소 제가 알던 그 노인이 아니었어요."

"뭣? 대제사장?"

"네! 왜 놀라시는 거죠?"

"정말 대제사장이 맞느냐?"

마중달이 눈을 부릅뜨며 놀란 얼굴로 묻자 그녀는 의아해하며 고개를 끄덕였다.

아무것도 두려워하지 않는 오황의 일인인 아버지가 이런 반응을 보이는 것은 정파 무림맹과의 전쟁 때 '그자'와 마주쳤을 때를 제외하고 오랜만이었다.

사실 마중달이 중간에 개입했던 것에는 딸을 보호함도 있었지만 다른 것도 있었다.

멀리서 기의 망을 펼쳐서 금지된 구역을 살피고 있던 그였다.

한데 그러던 찰나, 갑자기 느껴지는 거대하고 흉흉한 마(魔)의 기운에 경각심을 느꼈다.

'이런 말도 안 되는 기운이!!'

마치 죽은 태상교주에게서나 느껴질 법한 거대한 마기였다.

혹여 마교의 숨겨진 전대 노고수가 등장한 것은 아닌가 라는 생각이 든 마중달은 딸을 보호해야겠다는 일념하에 그 존재감을 드러낸 것이었다.

"…연화야, 네가 본 대제사장은 어떠했느냐? 전부 말해다오."

"정말 이상했어요. 꼭 시정잡배 같은 말투하며……."

'시정잡배?'

그건 조금 이상했지만 넘어갔다.

마연화는 뭔가 다른 점을 더 생각해 보려던 차에 한 가지

특이한 것을 기억해 냈다.

"아! 그리고… 원래 그랬었나 했는데, 그 늙은이의 두 눈이 꼭 피처럼 붉었어요. 정말 소름이 돋을 정도로 무서웠어요."

"피처럼 붉은 눈?"

아직도 그것을 생각하면 두려웠는지, 그녀가 몸서리를 치면서 말했다.

피처럼 붉은 눈에서 뿜어져 나올 것 같은 흉흉한 마기를 아직도 잊을 수가 없었다.

"피처럼 붉어? 피처럼 붉어?"

"아… 아버님?"

계속 해서 같은 말을 반복하는 마중달을 바라보며 그녀가 섬뜩해하는 목소리로 불렀다.

그러자 마중달이 깨달음을 얻은 것처럼 소리쳤다.

"피처럼 붉은 눈!"

"……?"

"죽은 자의 눈!"

마중달은 그제야 모든 정황을 알겠다는 듯이 소리쳤다.

그러고는 자신의 탁자에 놓여 있던 갈아놓은 먹에 붓을 담갔다.

갑작스러운 마중달의 알 수 없는 태도에 의아해진 그녀가 영문을 모르겠다는 듯 물었다.

"아… 아버님, 뭐 하시는 거예요?"

"붉은 눈은 금지된 의식이 성공했다는 증거다!"

"네?"

"그것은 죽은 자를 부활시켰다는 증거야!"

학문과 천문에 능통하고, 병법이나 여러 주술에도 관심이 많던 마중달은 마교에 와서 많은 고문서를 탐독했었다. 마교는 천년의 유구한 세월을 자랑하는 만큼 사술들로 가득한 혈교 만큼이나 금지된 술법이나 의식들이 많았다.

붓에 먹을 적신 마중달은 진중한 표정으로 종이에 글씨를 새겨 넣었다.

그리고 종이를 들어 마연화에게 들어 보였다.

종이에 적힌 글을 바라본 마연화가 하얗게 창백해져, 굳은 얼굴로 그것을 한 글자씩 읽었다.

"태(太), 상(上), 교(教), 주(主)!!"

"그들이 부활시킨 거다! 전 교주를!"

태상교주의 부활했다고 확신하는 마중달의 심각한 표정을 보며, 마연화는 두려움을 느꼈다.

마교를 삼키려는 마당에 전대 교주가 부활한다는 것은 계획에 있어서 큰 차질을 빚게 된다.

"그런데 늙은 제사장 따위의 몸에 부활하다니. 의식이 완전하지 못했나 보구나."

"그렇다는 것은?"

"분명 다시 의식을 행할 것이다."

"아아… 그래도 아버님께서 미리 이것을 눈치채셨으니 다행입니다!"

딸인 마연화에게 들은 정보와 역행의 기운을 느낀 것만으로 이 정도까지 거슬러 추리를 한다는 데에서 정말로 마중달의 지혜가 깊다는 것을 알 수 있었다.

단지 부활한 대상이 누구인지 정확히 맞추지 못한 게 문제였지만 말이다.

"아버님! 만약 그분이 정말 되살아난 거라면……."

"그래! 나의 계획을 달성할 수 없게 된다! 뭔가를 수를 내야해."

고고한 학사 같은 분위기였던 마중달의 눈에서 살기를 먹은 날카로운 안광이 뿜어져 나왔다.

이때까지도 마중달은 짐작조차 하지 못했다.

자신이 수를 내려고 하는 자의 진정한 정체를 말이다.

6장
다시 거행된 의식

제사장 중 하나가 들어와서 의식 준비가 끝났다고 아뢨고, 곧 제단이 있는 금지된 방으로 천마와 천여휘가 들어왔다.

　　곰방대를 물고 연기를 뿜으며 나타난 천마의 모습에 제사장들의 얼굴은 굉장히 흥분되어 있었다. 앞서 희생한 그들이 의식을 성공했다는 증거가 바로 천마였던 것이다.

　　"오오오오오!"

　　붉은 안광을 내뿜는 대제사장을 보며 그들의 눈에는 습기가 차오르고 있었다.

　　제사장들 중에서 가장 연륜이 있어 보이는 노인이 앞으로 나섰다.

"대천마신교의 천마 조사님께 인사드리옵니다!"

"천세! 천세! 천천세!"

열한 명의 제사장이 동시에 바닥에 부복하더니 머리를 박으며 소리쳤다.

천세를 외치는 그들의 목소리에는 환희가 가득해 있었다.

눈앞에서 마교의 시조인 천마를 뵈었다는 감격에 젖어든 것이었다.

"흠흠."

그런 그들의 모습을 오 장로가 흐뭇한 얼굴로 바라보았다.

그의 얼굴에서는 이 의식을 나름 성공했었다는 자부심이 일고 있었다.

단 한 가지 옥의 티는 천양지체에 들어가야 할 혼백이 늙은 대제사장의 몸에 깃든 것이었지만 말이다.

"시끄럽다. 닥쳐라!"

"예?"

감격스러워하는 제사장들의 천세 합창을 도리어 닥치라는 말로 일갈하자 그들은 하나같이 꿀 먹은 벙어리가 되었다.

자신들이 기다려 왔던 전설 속의 천마 조사에게서 나올 법한 말투가 아니었던 것이다.

획!

제사장들이 하나같이 고개를 들어 오 장로를 쳐다보았다.

이에 오 장로가 손을 휘저으며 인상을 썼는데, 그냥 넘어가라는 표정 같았다.

천마의 시정잡배 같은 말투나 시종 말에 욕이 섞인 것은, 오 장로 역시도 그를 부활시키고 나서야 안 사실을 어찌하란 말인가.

"흐음?"

"천마 조사이시여. 뭔가 하실 말씀이라도?"

천마가 묘한 신음성을 내며 인상을 쓰자 오 장로가 조심스럽게 다가가 물었다.

"한 명이 비는구나."

"네?"

"한 명이 빈다고! 의식에 필요한 건 분명 열두 명일 텐데."

화를 내는 천마의 목소리에 오 장로의 얼굴이 굳어졌다.

의식을 행하려면 전부 열두 명의 제사장들이 필요한데, 제단에 모여 있는 자들은 전부 열한 명뿐이었다. 당황한 오 장로가 주위를 둘러보며 제사장들의 수를 다시 세어보았지만 정말 열한 명이었다.

"그, 그럴 리가 없을 텐데. 분명 열두 명을 전부 섭외했……"

바로 그때.

"죄… 죄송합니다!"

오 장로의 말이 채 끝나기도 전에 제단으로 제사장의 의복을 입은 염소수염을 기른 중년인이 헐레벌떡 급하게 뛰어 들어왔다.

"아아! 지금 도착한 것 같습니다."

"늙은이가 일 처리에 빈틈이 많구나."

"…송구합니다."

천마가 탐탁지 않다는 표정을 지으며 제단의 뒤에 있는 의자에 앉아 연신 곰방대를 피워댔다.

덕분에 오 장로는 천마의 심기를 살피며 눈치를 봐야만 했다.

뒤늦게 제단이 있는 방으로 도착한 염소수염의 중년인을 보며, 제사장들의 대표인 노인이 의아한 눈으로 물었다.

"백 제사장은 어디 가고 자네가 어찌?"

원래 왔어야 할 제사장이 불참하고 다른 자가 온 것이었다.

노인의 눈빛은 상당히 미심쩍어하고 있었다.

염소수염의 남자는 제사장들 중에서도 신교에 희생적이기보다는, 제 사리사욕을 탐하는 자였다. 그런 자가 갑자기 이곳으로 오다니 말이다.

"백 제사장은 생각해 보니 도저히 할 수 없다고 해서 제가 부탁을 받고 왔습니다."

"허어, 그 책임 있는 자가 어찌……."

노인이 탄식을 했다.

그런 노인의 눈빛을 읽은 염소수염의 남자가 고개를 숙이더니 진땀을 흘리며 말했다.

"송구하다고 전해달라고 했습니다."

"허허……."

그런 그들을 향해 오 장로가 부리나케 달려가 무슨 연유인지 물었다.

노인이 조심스럽게 그의 귀에 대고 원래 왔어야 할 사람이 오지 않음을 알렸다.

이에 오 장로 역시도 뭔가 미심쩍은 생각이 들었지만 이내 생각을 바꾸었다.

스스로를 희생해야 하는 의식이었기 때문에 충분히 두려워할 수도 있었기 때문이었다.

"그래도 자네가 대신해서 의식을 치른다니 신교의 감복이야."

"아닙니다. 신교를 위해서 당연히 해야 할 일입지요."

오 장로가 어깨를 두드리며 그를 치하하자 염소수염의 제사장이 몸 둘 바를 모르겠다는 표정으로 고개를 숙여 예를 표했다.

"그래도 늦었으니, 조사님께 사죄를 하게나."

"예. 그리하여야… 조사님이라뇨?"

조사라는 말에 염소수염의 제사장이 의아한 눈으로 고개를 들어 물었다.

뭔가 아무것도 모르는 눈치였다.

이에 한순간 미심쩍어진 오 장로가 날카로운 눈빛으로 어깨에 올려놓았던 손에 힘을 주며 물었다.

"…자네, 저분이 누군지 모르나?"

'대제사장 어른이 아닌가? 설마……?'

눈치가 빠른 염소수염의 제사장이 얼른 대답했다.

"아… 아닙니다. 모르다니요. '그분'께서 부활하셔서 강림하신 것이 아닙니까?"

"흠."

눈치를 보면서 말을 하는 모습이 여전히 미심쩍었지만 염소수염의 제사장의 말을 들어보니 모르는 것 같지는 않아 보였다.

'괜한 기우였나.'

마교 내에서도 부교주를 따르는 일파들이 상당히 늘어났기 때문에 오 장로서는 항시 주의할 수밖에 없었다. 아무리 부교주 쪽에서 수를 쓴다고 하더라도 고작 천마를 부활시킨 지 채하루도 되지 않았기에 뭔가를 알아내는 것도 어불성설이라 여겨졌다.

"자넨 어서 가서 천마 조사님께 사죄드리고 의식을 준비하게."

"네, 넵! 분부대로 하겠습니다."

'처, 천마 조사? 태상교주가 아니었어?'

천마 조사라는 말에 염소수염의 제사장의 눈에 이채가 띠었다. 그러나 오 장로가 계속 귀신같은 눈으로 살피고 있어서, 고개를 바짝 숙인 뒤 최대한 내색하지 않았다.

'부교주님의 말과는 다르지 않나.'

사실 염소수염의 제사장은 마중달이 중간에 술책으로 원래의 제사장과 바꿔치기한 자였다.

태상교주가 부활했을 것이고, 육신을 바꾸기 위한 의식을 행하는 것 같으니 그것을 저지하라는 명을 받고 온 것이었다.

'천마 조사라니… 정말 큰일이구나!'

마중달의 서찰에 언급된 것은 태상교주가 금지된 의식으로 부활했을지도 모른다고 적혀 있었는데, 실상은 시조인 천마가 부활했다는 말에 경악을 금치 못했다.

'들키지 않게 최대한 조심해야 한다.'

염소수염의 제사장은 속으로 경악했지만 여기서 들키게 된다면 의식을 저지하는 것을 실패할지도 모른다는 생각에 최대한 속내를 감추고 제단 뒤에 앉아 있는 천마를 향해 조심스레 다가갔다.

'정녕 천마 조사인가?'

어제까지 얼굴을 마주했던 대제사장이었다.

그런 대제사장의 늙은 노구에 시조 천마의 혼이 있다는 것은 가히 놀라운 일이었다.

천 년 전 마교를 세운 최강자의 혼이 있는 것이 정말인 건가 의문이 들었다.

"뭐냐?"

온화했던 대제사장의 목소리와는 상반되는 위압감이 느껴지는 말투였다.

무슨 일이냐는 듯이 눈을 내리깔면서 말을 하는 천마의 태도에 당황한 염소수염의 제사장이 자신도 모르게 말을 더듬고 말았다.

"위… 위……."

"말 더듬지 말고 똑바로 말해라."

"위, 위대하신 조사님께 이 미천한 몸이 사죄드리옵니다!"

염소수염의 제사장이 바닥에 납작 엎드려 머리를 찍으며, 천마에게 사죄의 예를 표했다.

자연스럽게 행동을 하지 못한 것에 대한 실책에 두려움을 느낀 제사장은 자신도 모르게 이리저리 눈을 돌리며 긴장했다.

"흐음."

이에 의자에 다리를 꼬고 앉아 있던 천마가 묘한 미소를 지으며, 일어나라는 손짓을 했다.

'왜 웃는 거지?'

이상했다.

분명 방금 전까지만 해도 눈을 내리깔면서 뭔가 탐탁지 않다는 듯한 표정을 짓고 있었는데, 갑자기 묘한 미소를 지으니 속이 철렁하는 염소수염의 제사장이었다.

"어이, 염소수염. 일어나라고 했잖아. 말로 해줘야 하나?"

"아… 아니옵니다!"

눈치를 보던 염소수염의 제사장이 감복한다는 표정으로 큰소리로 외치며 몸을 일으켜 세웠다. 그런 제사장을 향해 천마가 의자에서 몸을 일으켜 가까이 다가왔다.

"실로 너그러운 은덕에 감사하나이다!"

"은덕이랄 게 있나."

"아니옵……."

콱!

"커컥!"

그때 천마의 오른손이 그의 목젖을 움켜잡았다.

갑작스럽게 목젖을 잡힌 염소수염의 제사장이 고통스러운 신음을 내며, 놀란 눈으로 천마를 바라보았다.

오싹!

피를 연상시키는 붉은 눈과 마주하는 순간, 염소수염의 제사장의 얼굴이 하얗게 질려왔다.

겉보기에는 늙은 대제사장의 모습을 하고 있었지만 그 눈과 마주친 순간 거대한 천마의 그림자를 접하고 만 것이었다.

'허억! 이… 이것이… 천마 조사!'

제사장인 그의 눈에는 대제사장이라는 늙은 껍질 안에 감춰져 있는 천마의 본질이 보였다.

흉흉하고 살기 넘치는 거대한 마기로 둘러싼 마신(魔神)의 모습을 말이다.

"켁켁. 조… 조사님 어찌 이러시는 것인지……."

"너무 잘 들리는구나."

"네… 넷?"

제사장이 의아한 목소리로 반문했다.

천마가 하는 말을 이해하지 못했기 때문이었다.

천마는 도의 중턱에서 선인이 되기 위해 원영신을 단련하면서 선인들만의 고유의 능력을 깨닫게 되는데 그중 하나가 타인의 사념을 읽을 수 있었다.

다만 그것은 자세하게 생각을 읽는 것이라기보다는 그 사람이 품고 있는 진의(眞意)를 원영신으로 감응하는 것이었다.

"눈을 이리저리 굴리는 네놈의 다른 속내가 보인단 말이다."

"헉!"

쿠쿵!

'드… 들켰구나!'

천마의 의미심장한 말을 듣는 순간, 염소수염의 제사장은 심장이 떨어질 것만 같은 공포를 느꼈다. 아무리 외면하려 해도 천마의 공포스러운 홍안을 회피할 수가 없었다.

"간자가 아니라고는 못 하겠지?"

간자(間者).

그것은 적이 보낸 첩자를 의미하는 말이다.

"그… 그……."

온몸이 부들부들 떨려왔다.

정곡을 찌르는 천마의 살기 어린 목소리에 염소수염의 제사장은 어떠한 말도 할 수가 없었다. 심장을 조여오는 강렬한 공포심에 젖어 이성적인 판단력을 상실하고 말았다.

"풋!"

극도의 공포에 질려 버린 제사장의 입에서 피가 뿜어져 나왔다.

천마의 살기에 억눌려 내상을 입은 것이었다.

그런 제사장을 천마가 고개를 옆으로 살짝 까딱이며 노려보더니.

콰직!

그대로 목젖을 뽑아버렸다.

입에서 뿜었던 피와는 비교도 되지 않을 만큼, 피가 분수처럼 튀어나와 천마의 얼굴을 적셨다.

목젖이 뽑힌 제사장은 입을 벙긋거리며 멍한 눈으로 실이 풀린 인형처럼 비틀거리더니, 이내 바닥으로 쓰러지고 말았다.

스윽!

천마가 피에 얼룩진 자신의 얼굴을 소매로 닦았다.

그런 그의 가차 없는 잔인한 손속에 소교주와 소공녀를 비롯한 좌중의 시선은 가관이 아니었다.

간자로 의심이 되는 것만으로 목젖을 뽑아서 곧장 죽여 버릴 것이라고는 누구도 상상하지 못했었다.

워낙 갑작스럽게 벌어진 일이었는지라, 오 장로 역시도 당황스러움을 금치 못했다.

"조… 조사이시여!"

"이봐, 늙은이."

"네넵."

"간자(間者)조차 구분하지 못해서 되겠느냐?"

"소… 송구스럽사옵니다."

"의심이 된다 싶으면 과감해져라. 유야무야 넘어가지 말고."

"…조사이시여, 알겠나이다."

너무도 거침없는 천마의 행동과 충고에 오 장로는 신선한 충격을 받았다.

상식적인 행동이라기보다는 본능에 가까운 과감한 판단을 보이는 천마의 통찰력이 무섭게 느껴질 정도였다.

'이것이 바로 천마 조사!'

이로 인해 시조 천마라는 자가 어떠한 인물인지 한층 더 와 닿았다.

망조의 기로에 들어선 마교에 있어서, 이런 과감하고 거침없는 천마야말로 가장 이상적인 해결책일지도 모른다는 생각이 들었다.

한편 천마는 바닥에 피를 흘리며 죽어 있는 제사장의 시신을 보더니 혀를 차며 말했다.

"쯧쯧, 제사장이 한 명 부족하게 되었군."

"조사이시여, 그것은 걱정하지 마시옵소서."

"당장 대체할 자가 있나?"

"…소신도 제사장 출신이옵니다."

오 장로의 말에 천마의 눈에서 이채가 띠었다.

그 말은 의미는 오 장로가 제사장의 역할을 하겠다는 말이었다.

"다른 제사장들은 없나?"

"현재로서는 희생을 자처하는 자들은 이들뿐입니다. 이 노구가 살아봐야 얼마나 살겠습니까? 신교를 위해서 목숨을 바치겠나이다."

오 장로의 눈빛에서는 강한 결의가 보였다.

자신이 없다고 하여도 천마는 스스로가 망해가는 마교를 수복시킬 만큼의 능력자였다.

그렇기에 믿음으로 희생을 자처하는 것이었다.

"오 장로……."

그것을 지켜보는 천여휘가 나지막한 목소리로 그를 불렀다.

선대 때부터 충성을 지켜온 마교의 충신의 숭고한 결의에 감동을 한 것이었다.

이곳 제단에 모인 이들은 자신들의 희생으로 마교가 불사조처럼 다시 부활할 수 있다면 백 번, 천 번이라도 희생을 자처할 것이다.

그런 오 장로를 스윽 쳐다본 천마가 뒤를 돌아 뒷짐을 지며 작은 목소리로 읊조렸다.

"…못된 늙은이가 사람한테 부담을 안기는군."

이 말로도 충분했다.

오 장로의 늙은 노안에 습기가 차올랐다.

*   *   *

준비된 검은 제단의 주위로 오 장로를 비롯한 제사장들이 검은 두건을 쓰고 둘러섰다.

제단 가운데로 의복을 벗은 나신의 천여휘와 대제사장이 경건한 자세로 누워 있었다.

천여휘의 오른손 주먹에는 사리가 담긴 천마반지가 쥐어져 있었는데, 의식을 위해 눕기 전에 천마가 넘긴 것이었다.

"이건 네놈이 갖고 있어라."

"알겠습니다, 조사님."

사리가 매개체로 강한 역할을 하기에 그것을 옮길 몸인 천여휘에게 맡긴 것이기도 했다.

천여휘는 자신이 손에 있는 천마반지를 손에 꼭 쥐었다.

'오라버니……'

그런 그의 모습을 바라보며 천나연의 아름다운 눈에 눈물이 맺히고 있었다.

"준비는 되었사옵니까? 조사님."

"이놈의 지긋지긋한 늙은 육신에서 벗어나고 싶구나."

"……"

의식을 기다리면서도 불만이었던 천마였다.

길진 않았지만 늙은 대제사장의 육신은 지치고 고되어서 그를 짜증 나게 만들었다.

저승에 있을 대제사장의 혼이 들으면 섭섭해할 수도 있겠지만 천마에게 있어서는 정말로 고문과도 같았다.

"알겠사옵니다."

검은 두건을 쓰고 있는 오 장로가 고개를 숙이며 예를 표하고 뒤로 물러섰다.

첫 번째 의식에서는 주관을 하면서 지켜보는 입장이었지만 지금은 행해야 하는 입장이었다.

제사장들의 대표가 앞으로 나서서 준비된 양의 피를 천마와 천여휘의 이마에 묻혔다.

비릿한 양의 피 냄새가 천마의 코끝을 찡하게 했다.

금지된 의식이 시작되었다.

열두 명의 제사장이 하나같이 경을 읊으며, 의식의 주술을 외었다.

천 년이나 된 천마의 혼백을 불러올 때와 달리 이번에는 바로 옆에 있는 천양지체인 천여휘의 육신에 옮기면 되는 의식이었다.

'실패는 없을 것입니다.'

의식을 거행하면서도 오 장로는 확신했다.

아까와 같은 불상사가 일어나지 않게 수차례 확인 절차를 거쳤었다.

이제 제사장들의 희생을 통한 의식이 완성된다면 진정으로 무림의 최강자라 불렸던 마교의 시조 천마가 완전한 부활을 이루게 될 것이다.

'영신을 열어야겠군.'

천마는 대제사장의 강한 사념으로 인해 닫아두었던 영신을 다시 완전히 개방했다.

닫았던 영신을 여는 순간.

[제발… 제발…….]

또다시 그의 사념이 들려왔다.

육신에 강하게 남을 정도로 지독한 사념을 품고 있는 대제사장의 육신이었다.

제사장들의 의식을 행하는 경을 읊는 소리가 커질수록 사방에서 천지의 기운이 무섭게 파도처럼 몰아치면서 일렁이고 있었다.

'시작되었군.'

모여든 천지의 기운이 역행하는 순간.

그 의식은 시작된다.

천지의 기운이 파도처럼 몰려들자 귓가를 울리던 대제사장의 사념이 들리지 않게 되었다.

마치 거친 파도에 휩쓸려 가는 것처럼 서서히 천마의 혼백에 영향을 주기 시작한 것이었다.

쿠르르릉!

천둥이 치는 소리가 들려왔다.

마른하늘의 전조는 천지의 역행의 신호였다.

제사장들의 경을 읊는 소리는 천둥소리와 대응하듯 더욱 커져 갔다.

대제사장의 육신에 얽매여 있던 천마의 혼백이 서서히 떨려왔다.

부들부들!

떨림과 함께 음산한 기운이 방 안을 감돌고 있었다. 이에 열두 제사장의 몸이 심하게 흔들리고 있었다. 그들은 쉬지 않고 경을 외었다.

경을 읊는 소리에 맞추듯 마른하늘의 벼락과 천둥소리가 어우러지고 있었다.

콰르르쾅쾅!

그때.

"크윽!"

부웅!

좌측 맨 끝에 서 있던 제사장들 중 한 명이 갑자기 신음성을 내더니 몸이 허공으로 떠올라 뒤로 튕겨져 나가고 말았다.

"멈추면 안 돼!"

경을 외던 다른 제사장들은 당황하면서도 대표의 외침에 따라 의식을 멈추지 않았다. 지금 당장 의식을 중단하면 모든 것이 실패할 수도 있기 때문이었다.

천지의 기운이 역행하면서 오색 빛깔의 운무가 피어나고, 제단에 있는 천마와 천여휘의 몸을 감싸기 시작했다.

그러자 대제사장의 육신이 심하게 들썩거리더니, 그의 몸에서 하얀 무언가가 하늘거리며 올라왔다. 그것은 천마의 혼백이었다.

'조금만… 조금만! 더!'

경을 외는 오 장로는 오장육부가 뒤틀리는 고통에 피를 토하고 싶었지만 최선을 다해서 경을 읊었다. 집중이 깨지게 되면 모든 것이 위험하다.

'엇?'

파파파팡!

바로 그 순간, 제단의 사방을 둘러쌓던 오색 빛깔의 운무가 터지는 소리와 함께 언제 그랬냐는 듯이 사라져 버렸다.

파도를 치며 천지를 역행하던 기운들 역시도 서서히 사방으로 흩어져 가며 원래의 기운을 찾아갔다.

"이… 이게 어찌……."

오 장로는 거추장스러운 두건을 벗어던지고, 당황스러운 얼굴로 주위를 둘러보았다.

"쿨럭쿨럭."

그의 입가로 선혈이 흘러나왔다.

하지만 오장육부가 찢어질 것 같은 고통보다도 그는 믿을 수 없는 현실에 당황하고 있었다.

"쿨럭쿨럭… 어떻게 이런 일이 있단 말인가!"

마치 아무 일도 없었다는 듯 어둡고 조용한 제단.

제단의 주위로 다섯 명의 제사장이 바닥에 엎드리고 피를 토하고 있었다.

쓰러져서 기척조차 내지 않고 있는 이들은 처음에 튕겨져 나간 제사장을 더한 여섯뿐이었다. 그들은 전부 죽어 있었다.

"오… 오 장로님!"

"임 제사장!"

입가에 피를 흘리며 다가온 자는 다름 아닌 제사장들의 대표였다.

연로한 노인인 임 제사장의 얼굴은 하얗게 질려 있었고, 그 역시도 심한 내상을 입었는지 고통스러운 표정이었다.

"이게 어찌 된 영문이오?"

"쿨럭… 오 장로님!"

"왜 그러는 것인가?"

"누, 누군가 의식의 경을 역으로 방해했습니다!"

"그게 무슨 말이란 말이오? 방해를 하다니?"

"쿨럭쿨럭, 누군가 제령 의식의 경을 왼 듯합니다."

제령 의식(除靈儀式).

그것은 일종의 접신한 혼을 성불시키는 의식이다.

지금 제단에서 그들이 하는 의식은 살아 있는 천양지체의 몸으로 천마의 혼백을 옮기는 의식이었다. 단순히 혼백만 옮긴다면 '씌다'는 표현이 옳지만 금지된 주술과 희생을 통해 완전한 부활을 꾀하는 의식이었다.

그런 의식 도중에 제령 의식의 경을 왼다는 것은 말 그대로 훼방을 놓은 것과 다름없었다.

"누… 누가 감히!! 쿨럭!"

분노에 찬 오 장로가 고성을 높였으나, 의식을 행하면서 심한 내상으로 인해 피를 한 움큼 토하고 말았다.

그런 와중에 제단의 한가운데에 누워 있는 천여휘가 감았던 눈을 떴다.

피를 토하던 오 장로가 일말의 기대에 찬 눈으로 천여휘를 바라보았다.

"오 장로, 이게 어찌 된 일이오?"

"아아아……."

오 장로가 허탈한 신음성을 냈다.

일말의 기대를 했건만 눈을 뜬 것은 안타깝게도 천여휘, 본인이었다.

"오라버니!"

의식으로 인해 오라버니와의 영원한 안녕을 고했던 천나연이었다. 그녀는 놀라서 천여휘의 앞으로 다가와 오라버니의 뺨을 매만졌다.

"나연아?"

천여휘 역시도 분명 의식으로 인해 자신의 혼이 저승으로 갈 거라 여겼었다. 그런데 여전히 원래의 몸으로 의식을 차리자 당황스러운 눈치였다.

"의… 의식을 실패한 듯하오, 소교주."

"의식이 실패하다니, 그게 무슨 소리요! 지금 그걸 말이라고 하는 것이오?"

소리를 지르며 화를 참지 못하는 천여휘를 바라보며 오 장로 역시 어찌할 바를 몰랐다.

대체 누가 의식 도중에 훼방을 놓았단 말인가.

천마의 손에 죽은 제사장을 제외하고는 직접 제사장들을 섭외했던 그였다.

"쿨럭쿨럭, 제사장들 중 누군가가 제령 의식을 행한 듯합니다."

"제… 제령 의식?"

제사장들의 대표인 임 제사장은 오장육부가 타는 듯한 고통을 느끼면서도 송구스러운 표정을 지으며 천여휘에게 고개를 숙였다.

제령 의식이라는 말을 들은 천여휘의 표정은 더욱 가관이 아니었다.

"그건 혼령을 성불시키는 의식이 아니오? 그걸 대체 왜!"

"그… 그렇습니다, 쿨럭쿨럭."

"대체 누가 제령 의식을 했단 말이오?"

솔직히 본인들도 의식에 실패했다는 것을 막 인지한 상태인지라 아무것도 알 수 없었다.

제사장 중 반은 죽어 있었고, 남은 반은 의식이 실패한 반동으로 내상을 입어 피를 토해내고 있었다. 이런 상황에서 당장에 알 도리가 없었다.

　다그치는 천여휘를 볼 낯이 없었는지, 임 제사장은 차마 고개를 들지 못했다.

　"제발……."

　천여휘가 옆에 누워 있던 대제사장의 맥을 짚어보았다.

　다들 화들짝 놀라며 그곳을 향해 시선이 모아졌다.

　제사장들의 절반이 희생되지 않은 실패한 의식이었기에 천마가 여전히 그 몸에 남아 있을 확률이 높았다.

　그 불같은 성정에 얼마나 화를 낼지 가늠이 되지 않았다.

　천여휘는 불안해하면서 천마의 혼백이 온전히 대제사장의 육신에 남아 있기를 바랐다.

　하지만.

　"큭… 젠장!"

　"……!"

　천여휘는 절망스러운 눈빛으로 대제사장의 맥에서 손을 뗐다.

　일말의 기대감으로 차 있던 천나연과 오 장로를 바라보며 고개를 저었다.

　이미 대제사장의 육신은 숨이 멎어 있었다.

죽은 것이었다.

"제기랄!"

쾅!

천여휘가 거칠게 바닥을 내려쳤다.

"끄으으으으!"

의식의 실패로 인해 심한 내상을 입은 오 장로 또한 고통도 잊고 멍한 눈으로 천나연을 바라보며 같은 말을 반복하더니, 이내 피를 뿜으며 뒷목을 잡고 쓰러지고 말았다.

"오, 오 장로님! 쿨럭쿨럭! 끄윽."

쿵!

놀란 임 제사장이 쓰러지는 그를 붙들려고 했지만 본인 역시도 내상의 고통을 참지 못하고 같이 쓰러지고 말았다.

의식의 실패로 인해 모든 것이 엉망이 되고 말았다.

제단의 방은 수습하기 힘든 분위기에 사로잡혔다.

천나연이 입을 벙긋거리며 무언가를 말하고 있었지만 천여휘의 귀에는 어떠한 말도 제대로 들리지 않았다.

"설마……."

천여휘가 혹시나 하는 마음에 대제사장의 죽은 눈꺼풀을 올려보았다.

눈꺼풀을 들어 올린 천여휘의 두 눈이 흔들렸다.

'동공의 색이 다시 원래대로 돌아왔다… 그렇다면 대체 조

사님의 혼백은 어디로 갔단 말인가?'

놀랍게도 대제사장의 눈에는 부활 의식을 치른 흔적이 사라졌다.

그렇다는 것은 그의 몸에서 천마의 혼백이 빠져나갔다는 것을 의미했다.

그러나 이곳의 누구에게도 깃들지 않은 천마의 혼백의 행방으로 인해 천여휘는 혼란에 빠지고 말았다.

　　　　　*　　　　　*　　　　　*

칠흑같이 어두운 공간.

말 그대로 무(無)와 같은 상태라고 불러야 할 만한 곳이었다.

시간과 공간이 멈춰진 것만 같은 어두운 공간 속에 울렁이는 하얀 무언가가 있었다.

그것은 바로 천마의 혼백이었다.

의식을 진행했던 천마의 혼백이 왜 이런 무와 같은 공간에 있는 것일까.

'대체 여기가 어디야?'

대제사장의 육체에서 혼백이 빠져나왔을 때를 기억하는 그였다.

천지가 역행하는 기운에 천마가 몸을 맡기려 할 때, 어떤 강한 힘이 작용하면서 혼백이 어딘가로 이끌리고 말았다.

그렇게 도착한 곳이 바로 이 칠흑과 같은 공간이었다.

저승도 아닌, 그리고 도의 중턱도 아니라는 것은 확실히 알 수 있었다.

원영신을 단련한 천마조차도 이런 상태를 접해보는 것은 처음이었다.

'제기랄! 대체 여기가 어디냐고!'

결국 화가 폭발한 천마의 혼백이 강하게 울렁였다.

모든 것이 멈춘 것만 같은 알 수 없는 칠흑 같은 공간은 천년 동안 원영신을 부단히 단련해 온 천마조차도 답답하게 만들었다.

그러던 찰나였다.

아무것도 보이지 않던 어두운 공간이 일그러지며 찬란한 오색 빛이 쏟아져 나왔다.

오색 빛이 혼백에 닿는 순간 천마는 본능적으로 직감했다.

'이건?'

이 빛에서 나오는 기운은 선도(仙道)의 힘이었다.

칠흑 같은 공간이 일그러지며 나온 오색 빛이 옅어지자 차츰 그 인영의 모습이 짙어졌다.

"허허허, 어디에 있든 참으로 일관성 있으이."

익숙한 목소리의 주인은 다름 아닌 선계의 노 선인이었다.

혼백만 일렁이는 천마와 달리 본신의 육신을 온전하게 보이는 노 선인이었다.

갑자기 나타난 노 선인의 등장에 평소에 그리 보기 싫었던 천마조차도 기쁜 나머지 그 혼백이 밝은 빛을 내며 울렁일 정도였다.

'노친네, 이게 어찌 된 일이오?'

"허허허, 어찌 된 일인 줄은 자네가 잘 알지 않나?"

짐짓 모든 것을 알고 있다는 표정을 짓는 노 선인이었다.

선계에서 관직을 맡고 있는 노 선인이 지상에서의 일을 모를 리가 없었다.

능청스러운 노 선인의 말에 반가웠던 마음이 싹 식어버리는 천마였다.

"천하의 천마가 힘없는 늙은 노인의 몸으로 부활하다니, 참 볼 만했으이."

'······'

이상하리만치 천마의 혼백이 심하게 일렁였다.

심지어는 꼭 열기에 타는 것처럼 붉은 빛깔마저도 띠고 있었다.

"검선도 그런 자네를 보면서 참 재밌어하더군. 평소에는 그렇게 점잖던 자가 아주 배꼽을 잡고 웃지를 않겠나."

'젠장, 그딴 소리 집어치우시오! 누군 그러고 싶어서 그랬는 줄 아시오?'

다른 것은 몰라도 검선이 자신의 모습을 보고 재밌어했다는 말을 들으니 염장이 터지는 천마였다.

천하의 천마라는 인물이 굴욕감에 젖은 모습은 노 선인으로 하여금 굉장한 즐거움을 안겨주었다. 하지만 심하게 일렁이는 혼백을 보니, 더 약을 올리다가는 무슨 사달이라도 날 것 같았다.

"흠흠, 아무튼 자네의 혼백이 이렇게 나오지 않았다면 하마 터면 만나지도 못할 뻔했네."

'오오, 그럼 나를 다시 찾으러 온 것이오?'

혈손들에게 굳은 약속을 했던 천마였지만 노 선인이 직접 만나러 왔다는 말에 혹여 선계로 데려가려고 온 것인가 하는 일말의 기대에 찬 목소리로 물었다.

그런 천마의 바람을 깨버리듯 노 선인이 고개를 저으며 답했다.

"그렇다기보다는… 전해줄 말도 있고 해서 말이네."

'뭐요? 아니, 그럼 선계로 데리러 온 것이 아니란 말이오?'

"허허, 진정하게. 자네의 운명이 이리 박복할 줄은 누가 알 았겠나."

'박복은 얼어 죽을 무슨 박복이요. 누가 혈손놈들이 나를

부활시키는 의식을 치를 거라고 상상이나 했겠소.'

누가 예상이나 했겠는가.

천년이나 기다려 온 선계의 진입이 한순간에 물거품이 되는 것을 말이다.

그것이 단순히 운이 없는 것인지, 정말로 운명의 장난인 것인지 자문하고 싶었다.

'이제 난 어떻게 되는 것이오?'

"어떻게 되다니?"

'망할 혈손들이랑 약속을 한 것도 있지만 지금 보아하니 그 의식도 실패한 것 같소.'

천양지체의 육신으로 옮겨졌어야 하는데, 이런 알 수 없는 공간으로 온 것을 보면 의식에 분명 문제가 생긴 것이 틀림없었다.

이유를 불문하고 의식이 실패했다면 다시 반동으로 도의 중턱으로 돌아가야 할 텐데, 왜 이런 알 수 없는 공간에 갇힌 것인지 궁금했다.

"허허허, 얼굴에 다 쓰여 있군그래."

'……?'

"자네가 걱정하는 바와 달리 이곳은 잠시 자네의 시간과 공간을 묶어두었을 뿐이네."

'그게 무슨 소리요?'

"쉽게 설명한다면 잠시 자네와 나를 제외한 시간이 멈춰진 것이지. 선인인 나나 혼백인 자네는 엄밀히 얘기한다면 이승과는 다른 세상에 있는 것이니 말일세."

주위는 온통 새까맣다.

아무것도 느껴지지 않았지만 실상은 모든 것이 존재하는 세상이었다.

그것은 시간과 공간이 일시적으로 멈추면서, 천마의 혼백이 일시적으로 세상의 흐름과 단절이 된 것이었다.

이것을 가능하게 하는 것이 바로 노 선인의 힘이었다.

"잠시 자네와 대화를 나누기 위해 조금 무리했지. 이 기회를 놓친다면 어쩌면 영원히 자네와 볼 수 없을지도 모르니깐 말일세."

'영원이라니 그게 소리요? 선인 시험에 통과했다고 했잖소?'

"통과할 뻔했지. 하나, 자네는 탈락일세."

'무슨 개소리요!'

천 년에 걸친 수양으로 이뤄낸 선인의 길이었다.

인장을 찍기 전에 갑작스럽게 벌어진 일이라고는 하나, 탈락했다는 것은 도저히 믿기지 않는 현실이었다. 마치 노 선인이 장난을 치는 것은 아닐까 라는 생각이 드는 천마였다.

"허어, 자네는 그놈의 입이 문젤세."

'입이 문제가 아니라 갑자기 내가 왜 탈락이란 말이오?'

"경위야 어찌 되었든 자네는 이미 살아났네."

'그게 어쨌단 말이오.'

"허허허, 살아난 시점에서 자네의 인생은 다시 시작된 거란 말일세."

'다시 살아나다니? 그럼 내가 등선했던 것이나 선인이 되는 것이 전부 무효화되었단 것이오?'

노 선인의 말은 천마가 예상했던 것과 너무도 달랐다.

애초에 천마가 혈손들의 부탁을 들어주겠다고 했던 것은 마교의 영광을 되찾은 뒤에 제령 의식이라든지 다른 방법을 통해서 도의 중턱으로 돌아갈 생각이었던 것이었다.

잠시 돌아가는 길이라고만 여겼었다.

"기준에서 벗어났네."

'지금… 나를 가지고 장난치는 거요?'

분위기가 심상치 않았다.

천마의 혼백이 심하게 울렁이고 있었다.

불과 혼백에 불과한 울렁임에서 강렬한 마기가 폭사되어 나오고 있었다.

그 힘이 어찌나 강렬한지 노 선인조차 인상을 찌푸릴 정도였다.

"허허, 하마터면 나도 자네를 본 반가움에 깜빡할 뻔했군."

'엇?'

스윽!

갑자기 노 선인이 손을 뻗어 천마의 혼백에 어루만졌다.

그 순간 강렬하게 폭사되어 나오던 마기가 언제 그랬냐는 듯이 수그러들었다.

심하게 울렁이던 천마의 혼백 역시도 고요하게 가라앉았다.

'…지금 무슨 짓을 한 거요?'

천마는 지금 굉장히 당혹스러웠다.

노 선인이 몸에 손을 대는 순간 천 년간 수양했던 그의 마기가 처음부터 없었던 것처럼 사라졌다. 아무리 끌어 올리려고 해도 마기가 반응하질 않았다.

"천마, 자네의 마기는 이승의 기준치를 넘어섰어. 내가 자네를 직접 보러 온 건 해줄 말도 있어서지만 천존의 명에 의해서네."

'천존이라면 원시천존을 말씀하는 것이오?'

천존(天尊).

원시천존은 선계의 삼청(三淸) 중 제일신으로 가장 높은 위치에 있는 존재이다.

선계가 아니더라도 도교로 인해 중원의 사람들 모두가 알고 있는 고귀한 천신의 존칭이었다. 영보천존과 태상노군과 더불어 선계를 이끌어가는 삼청 중에 일신이 노 선인에게 직접 명을 했다는 말이었다.

천마 역시도 선인이 되기 위해 부단한 노력을 했기에 원시천존이 얼마나 대단한 존재인지 알고 있었다.

'그분이 대체 왜?'

"천존께서는 천 년이나 마도(魔道)를 수양한 자네를 눈여겨 보셨었지. 그렇기에 천 년의 공을 인정하셔서 선인이 될 수 있는 길을 마련하신 것일세."

'아니, 그런 분이 내게 갑자기 왜 이런단 말이오?'

천마의 몸의 마기는 엄밀히 말한다면 사라진 것은 아니었다.

단지 노 선인의 선도의 힘으로 봉인이 되었다.

하지만 가지고 있던 힘이 갑자기 사라지니, 얼마나 허탈하고 화가 나겠는가.

"자네의 마기는 도의 중턱에서 수양을 통해서 깨끗한 정념으로 탄생하였지만 인계의 세속의 기운을 받으면 그렇지 않네."

'......?'

"자네의 천 년 마기는 마계의 마선(魔仙)들이나 마왕(魔王)들이 가지고 있어야 할 급이야. 그런 마기를 가지고 인계에 머무른다면 인과율에 위배가 되지."

원시천존이 직접 노 선인을 보낸 데에는 이러한 연유가 있었던 것이다.

반선인인 천마가 도의 중턱에서 선계로 진입하기 위해 갈고 닦은 마기는 상상을 초월한다.

만약 천마가 선계가 아닌 마계로 진입하고자 했더라면 벌써 마왕이 되고도 남을 위인이었다.

그런 천마가 금지된 의식으로 살아나 버렸으니, 인계에는 말 그대로 마왕이 현신한 것과도 마찬가지인 상황이 발생한 것이었다.

'인과율은 무슨, 말도 안 되는 개소리요! 내가 무슨 인계를 뒤엎는 것도 아니고!'

"이보게, 천마. 지금은 상고시대가 아니네."

상고시대(上古時代).

태고(太古), 상세(上世), 상대(上代)라 불렸던 시기가 있었다.

지금은 분리되었지만 한때 신들의 세상과 인간의 세상이 같은 하나였던 시대가 있었는데, 그때를 두고서 상고시대라고 불렀다.

상고시대에는 그 구분이 무분별했기에 세상이 신기(神技)로 가득했었지만 지금은 아니었다.

"천존께서는 인계의 인과율을 깨는 자네의 힘을 위험하다고 여기셨네."

'그래서 한다는 것이 내 힘을 봉하는 것이오?'

"흠흠, 말단 공직에 불과한 내가 천존의 명을 어찌 어기겠는가."

삼청의 최고 직위에 있는 제일신인 원시천존과 노 선인의 직급의 차이는 굉장히 컸다.

겉보기에는 굉장히 나이가 지긋해 보이는 노 선인이지만 선계로 치면 꽤 젊은 축에 속하는 말단이었다. 그렇기에 직접 원신을 움직여 천마를 찾아오는 등의 실무를 보는 것이었다.

물론 본인의 밑으로 검선을 비롯한 몇 선인들이 있지만 그게 중요한 건 아니다.

쩌적!

그때 칠흑 같던 무거운 공간에 균열이 가기 시작했다.

마치 알이 갈라지는 것처럼 검은 공간에 균열이 가자 그 틈으로 빛이 하나둘씩 뿜어져 나오며 사방을 물들여 갔다.

그 광경을 본 노 선인이 인상을 찌그렸다.

"이런… 주어진 시간이 다 되었군."

'그게 무슨 말이오? 난 아직 아무것도 제대로 듣지 못했소!'

쩌저저저적!

빠르게 갈라지는 균열에 조급해진 천마가 다급하게 노 선인을 재촉했다.

대체 자신이 어떻게 되는 것인지 아무것도 몰랐다.

그저 가지고 있던 마기만 봉인된 상태에서 시간이 다 되었다고 하니 마음이 조급해졌다.

"허허, 내 힘으로 겨우 유지한 멈췄던 자네의 운명의 시간이 돌아가는 게야."

'아니, 아직 대화가 안 끝났잖소. 난 대체 어떻게 된단 말이오?'

"다시 생을 가지겠지. 이보시게, 천마."

노 선인이 무언가를 말하려고 했다.

그러나 빠르게 균열이 가던 검은 공간은 어느새 빛으로 가득해 환하게 밝아져 있었다.

더 이상 어떠한 검은 조각이 보이지 않을 만큼 밝아졌을 때, 그의 혼백은 하늘 높은 곳의 구름 위에 있다는 것을 알 수 있었다.

'어어어어!'

천마의 혼백이 강하게 흔들렸다.

어떠한 알 수 없는 힘이 그의 혼백을 끌어당기고 있었다.

인상을 찡그리고 있는 노 선인의 이마에서는 굵은 땀방울이 흘러내리고 있었다.

겨우겨우 그의 혼백을 붙잡고 마지막 무언가를 말하려 했다.

"천… 마, 자네가 다시 선계로 오고 싶다면 깨달아야 하네."

'어어어어어! 깨… 깨달다니… 무… 무엇을……'

"흐읍… 다시 등선하게. 우화등선하란 말……."

'어엇, 안 돼애애애애애!'

휘리리리릭!

노 선인의 말이 끝나기도 전에 천마의 아른거리던 혼백이 표류하는 연기처럼 구름 밑으로 빨려 들어갔다. 그 속도가 어찌나 빠른지 과연 그가 노 선인의 말을 제대로 알아들었을지 모를 일이었다.

억지로 천마의 혼을 붙들기 위해 많은 힘을 소모한 노 선인은 몸을 비틀거렸다.

아무리 선인이라고 해도 무리한 부분이 있었다.

사라진 천마의 혼백이 있는 방향을 바라보며 노 선인이 작은 목소리로 중얼거렸다.

"천마, 솔직히 천존께서는 자네의 그 힘을 없애길 바라셨으나, 선계로 오기 위해 갈고닦은 것을 어찌 쉽게 없애겠나. 모든 것에는 인과가 형성되네. 자네의 부활에도……."

그 말을 마지막으로 노 선인의 신형은 연기처럼 사라졌다.

7장

천마님, 다시 부활하다

오라버니께서 쓰러진 지도 벌써 열흘이 넘었다.

하도 울어서 눈이 퉁퉁 붓고, 코가 다 헐었다.

며칠 전, 용하다는 의원이 와서 진찰을 했지만 힘들 것 같다는 말 외에는 진찰료만 받아먹고 갔다. 망할 돌팔이 자식.

아직도 그 사실을 믿기 힘들다.

그렇게 잘난 오라버니였는데, 그런 암수에 넘어갈 거라고는 꿈에도 상상하지 못했다.

갑자기 이런 얘기를 곧장 하니 이해가 가지 않을 거다.

하아, 내 입으로 이런 사정이 벌어진 배경에 대해 이야기하자니 또 눈물이 난다.

쿵쿵!

미안, 잠시 코를 풀었다.

사마세가(司馬世家).

우리 가문의 이름이다.

휴, 우리 집은 본래 중원 북무림의 사파에서 꽤 명문이라 불렸던 가문이었다.

과거형으로 말하는 이유는 가문이 전향했기 때문이다.

사파였던 가문은 정파 무림맹에 항복을 해서 첫 번째로 속문(束門)이 되었다.

배신자의 가문.

귀에 딱지가 앉을 만큼 들은, 지금 우리 집안을 부르는 칭호다.

무림인들은 우리 집안을 배신자의 가문이라 부른다.

이렇게 불리는 이유는 정파 무림맹과 제대로 싸워보지도 않고 항복한 것도 있었지만 사실 사파 진영의 중요한 기밀을 팔아먹은 죄도 있다.

덕분에 정파 무림맹과의 전쟁이 끝난 후, 지금까지도 사파 계열의 복속된 문파들은 우리 가문을 배신자의 가문이라고 멸시한다.

그런데 이런 배경이 대체 왜 중요하냐고?

그만큼 이 망할 가문의 사람들이 굉장히 간교하고 못되 처먹었다는 걸 말하고 싶어서다.

물론 오라버니나 나 역시도 이 집안의 핏줄을 이었다.

엄밀히 얘기하면 오라버니와 나는 첩의 자식이다.

하나 정식 첩도 아니다.

홍등가의 여인에게서 난 혼외 자식이다.

명문대가는 아니었지만 사파에서 꽤 명망 있는 집안과 혼사를 치러 가정을 꾸렸던 아버지는 평소에도 행실이 좋지 못하기로 유명했다.

그렇다 하여도 워낙 사파에서는 그런 인물들이 많다 보니, 마님도 '욕정을 푸는 것은 사내의 본능이지' 라는 식으로 유야무야 넘어갔었다. 속으로는 짜증 날 테지만 말이다.

내가 왜 마님이라고 하냐고? 아, 정말 싫다.

당연히 혼외 자식인 오라버니나 나를 자식으로 인정하지 않았기 때문이다.

아무리 행실이 못난 아버지라고는 하나, 혼외 자식이 있는 것이 발각되었다가는 사달이 날 것을 알기에 부단히도 우리를 숨기려 노력했다.

그런데 내가 왜 여기 있냐고? 당연히 들켰으니깐 와 있는 것이지.

엄밀히 얘기하면 들킨 것이 아니라, 아버지가 본의 아니게 집으로 데리고 왔다.

고작 세 살, 다섯 살밖에 안 된 나와 오라버니를 두고 친어머니께서 병에 걸려 돌아가셨기 때문이다.

제 자식을 기른다고 양육비를 주는 것도 아니었으니, 자식들 입에 풀칠이라도 하기 위해 부단히 일을 했다.

이런 얘기를 하면 부끄럽지 않냐고 묻겠지만 단언컨대 난 그분을 사랑한다.

홍등가의 여인이었지만 적어도 어머니는 우리를 키우기 위해 갖은 노력을 했다.

지금도 나의 어머니는 단 한 분뿐이다. 설사 마님이 어머니라고 부르라고 했어도 내가 하지 않았을 거다.

아무튼 그래도 제 자식이라고 그냥 버려두기는 그랬는지, 아버지는 우리를 데리고 집으로 왔다. 덕분에 그날은 아주 집안이 발칵 뒤집혔었다.

그렇게 혼외 자식으로 집안에 입성해 자라난 우리 남매는 온갖 고생을 다했다.

그나마 아버지라는 인간이 그래도 제 자식이라고 우리에게 쥐꼬리만 한 애정이라도 가지고 있어서 그렇지, 안 그랬다가는 이미 마님과 그 망할 쌍둥이 놈들한테 죽었을 거다.

아버지는 사파에서도 명문에 속하는 집안이었지만 그 무공 실력이 굉장히 낮다.

조부 대에는 사패귀도라는 근사한 별호가 있을 만큼 명문으로 이름을 날렸지만 아버지 대로 오면서 무공이 현저히 낮아졌다.

어렸을 적부터 수련을 매진해도 모자랄 판국에 주색부터 배웠으니 실력이 늘 리가 만무했다. 내가 알기로는 잔머리를 굴리는 데만 재능이 있는 걸로 안다. 재미있는 것은 그 아비에 그 자식들이라고 망할 쌍둥이도 무공에는 어설프기 짝이 없었다.

그런 가문에 희망이 생겼다.

친오라버니라서 자랑하는 것이 아니라, 내 오라버니가 그 희망이 된 거다.

약관도 안 된 나이에 가문의 도법인 귀도팔식(鬼刀八式)을 대성한 것이었다.

천재여서라기보다는 오라버니는 정말 부지런했다.

비가 오나 눈이 오나 미친 듯이 무공에만 매진할 만큼 성정이 외골수였다.

안타까운 것은 바보같이 착해빠졌다는 것이 문제였다.

애초에 모든 것을 다 포기한 나와 다르게 오라버니는 그 자신이 노력한다면 마님이나 가문의 사람들이 인정할 거라고 착각한 거다.

"네가 우리 집안의 보배였구나! 하하하핫, 장하구나."

처음으로 아버지는 오라버니에게 칭찬을 하며 기뻐했다.

하지만 문제는 아버지가 아니었다.

마님과 망할 쌍둥이 놈들의 시기와 질투심을 건드리고 만 것이었다.

이놈의 집안은 태생이 사파가 아니랄까 봐 대부분의 인간들이 간교하기 짝이 없었다.

아버지가 정파 무림맹에 각 문파 출석 회동으로 자리를 비운 사이 그 사건이 일어났다.

쌍둥이 놈들이 오라버니에게 수련의 일종이라며 실제 무기 대련을 청한 것이었다.

이 착해빠진 오라버니는 그렇게 모진 수모를 당하고도, 마음 좋게 대련에 응했다. 만약 정상적인 대련이었다면 오라버니가 가볍게 녀석들을 꺾었을 거다.

바보 같은 오라버니.

아, 진짜. 그때만 생각하면 눈물이 났다.

그리고 화가 나서 지금 당장에라도 망할 그것들을 다 찢어 죽여 버리고 싶다.

결국 착해빠진 오라버니는 대련에서 아무 힘도 못 쓰고 졌다.

대련이 시작되자마자 오라버니의 안색이 좋지 않았다. 뭔가 내공을 끌어 올리는 것에 문제가 있었는지 중지를 요청했지만 쌍둥이 중 첫째 놈은 집요하게 공격을 했다.

그리고 그 집요함의 끝은 참극으로 끝났다.

놈들이 오라버니의 오른팔을 도(刀)로 벤 것이었다.

너무 끔찍했다.

살면서 그렇게 많은 피는 처음 봤다.

너무 놀라 울면서 달려가 대련을 중지시키려 했지만 망할 쌍둥이 놈이 나를 밀치고는 오른팔을 벤 것도 모자라서 오라 버니의 단전까지 파괴시켰다.

뒤늦게 나타난 아버지란 인간이 그렇게 화내는 것은 처음 보았다.

가문의 무공을 대성할 인재를 병신으로 만들어놓았으니 화를 내는 것도 당연했다.

하지만 그것이 끝이었다.

망할 쌍둥이 놈들에게 근신하라는 걸로 처분을 매듭지은 것이었다.

내 오라버니를 사지로 몰아넣은 놈들에게 그냥 근신만 하라니. 이게 말이 되냔 말이다.

열흘째 오라버니는 사경을 헤매고 있다.

오열을 하면서 제발 오라버니를 살려달라고 아버지한테 미친 듯이 빌었다.

그래도 양심은 있었는지 아버지란 작자는 사파 최고의 의원이라는 사타와 인연이 있다고 그를 불러주었다.

"켈켈, 다 죽어가는 산송장을 살리라고 해봐야 무슨 소용이겠나. 아가씨, 마음 정리나 하게."

이 미친 의원 놈이 한 말이었다.

사파 최고의 의원이라는 놈은 오라버니가 며칠을 넘기지 못하고 죽을 거라고 말했다.

오늘이 그 미친 의원 놈이 오라버니가 숨을 넘길지도 모른다고 한 마지막 날이다.

살아오면서 십팔 년 동안 한 번도 내세 혹은 하늘에 빌어본 적이 없었다.

그런데 이렇게 빈다.

지금 나는 오라버니가 병상 중인 외채 앞의 마당에 냉수 한 그릇 떠놓고 혼자 빌고 있다.

제발 불쌍한 우리 오라버니를 살려달라고.

아무것도 못 해도 되니깐, 착한 우리 오라버니를 살려주세요.

누구라도 좋으니깐 제발 살려주세요. 하늘님! 천존님!

콰르르르릉!

갑자기 마른하늘에 천둥소리가 울렸다.

놀라서 하늘을 쳐다보았는데 구름 한 점 없이 푸르다.

구구절절 사연을 늘어놓으면서 빈 지 한 시진도 채 안 되었는데, 이게 무슨 조화인 거지?

하늘에 계신 천존이라는 분이 이렇게 빨리 내 기도를 들을 리가 없는데…….

콰르르릉!

번쩍!

미쳤다.

세상이 미쳐서 돌아가는 것 같다.

마른하늘에 천둥뿐이 아니라 번개까지 내리치고 있었다.

이해할 수 없는 현상이었다.

정말 천존이라는 분이 내 기도를 듣기라도 한 걸까.

번쩍!

쾅!

"꺄아아아아아악!"

그때였다.

마른하늘에서 번쩍이던 번개가 갑자기 오라버니가 누워 있는 외채 지붕을 뚫고 내리쳤다.

어찌나 세게 내리쳤는지 지붕이 무너지면서 파편이 사방으로 튀었다.

너무 놀라서 눈을 찔끔 감고 소리를 질렀는데, 다행히 지붕 파편들은 나를 빗겨서 마당 사이사이로 떨어졌다.

"오라버니! 오라버니!!"

한데 다행이라고 생각한 것도 잠시였다.

놀란 나는 미친 듯이 신도 벗지 않고 외채로 뛰어 들어갔다.

오라버니가 병상 중인 곳에 번개가 떨어지는 말도 안 되는 일이 벌어지다니.

아무리 냉수 한 그릇만 뜨고 빌었다지만 이건 아니지 않나.

"제발… 제발!"

만약 오라버니가 번개를 맞고 죽는 사태가 벌어진다면 나는 진심으로 천존을 원망할 거다. 중상을 입어 죽든, 번개로 맞아 죽든 그게 그거 같지만 내 눈에 흙이 들어간다 해도 더 이상 오라버니의 육신이 망가지는 것을 볼 수 없다.

쾅!

방문을 열고 오라버니의 방으로 들어갔다.

나는 순간 놀라서 아무 말도 할 수가 없었다.

내 눈이 잘못된 것인가 싶어서 눈을 비비고 보아도 그것은 현실이었다.

눈이 습해지면서 눈물이 고였다.

"오… 오라버니!"

정말로 말도 안 되는 일이 일어났다.

다 죽어가는 산송장이라고까지 했던 오라버니가 침소에서 일어나 벽에 기대고 앉아 있었다.

아! 천존님, 진심으로 감사합니다!

정말 이렇게 세심한 분이실 줄은 몰랐다.

기도를 한 지 한 시진도 안 됐는데 정말 오라버니를 살려주시다니.

"아……."

그때 오라버니가 신음성을 흘렸다.

아무래도 부상이 너무 심해서 고통스러워서 그런가 보다.

오라버니가 고개를 돌려 천천히 자신의 비어 있는 오른팔을 쳐다보았다.

"오라… 버니."

그 모습에 내 뺨을 타고 또르르 눈물이 흘러내렸다.

살아났지만 이런 오라버니의 모습을 보고 있자니 너무 슬펐다.

우리 착한 오라버니가 이렇게 되다니.

자신의 휑하게 비어 있는 오른팔을 한참 쳐다보던 오라버니가 온몸을 부들부들 떨기 시작했다.

그러더니 분노에 찬 얼굴로 입을 열었다.

"이런 우라질 니기미 좆같은!"

…우리 착한 오라버니가 난생처음으로 욕을 했다.

*　　　　*　　　　*

눈을 뜬 천마는 멍한 얼굴로 몸을 일으켜 침대에 기대앉았다.

혼백 상태일 때와는 차원이 다른 고통이 온몸을 사로잡았다.

화끈거리는 복부의 고통을 비롯해 심지어는 한 팔이 없다는 생각마저 들 정도로 휑한 느낌이었다.

"아……."

정신이 없는 와중에 이상한 느낌이 들었다.

천마는 은연중에 천천히 고개를 돌려 자신의 오른팔을 바라보았다.

어깨 부분부터 가슴까지 붕대로 감고 있었는데, 있어야 할 무언가가 없었다.

'뭐냐, 이건.'

잘못 본 건 아니겠지, 하고 눈을 크게 뜨고 오른쪽 팔을 보았지만 없었다.

있어야 할 오른팔이 휑하게 비어 있었다.

'아…….'

찌릿!

화끈거리는 복부의 통증에 천마는 본능적으로 운기를 했다.

그러나 칼로 찌르는 것 같은 고통이 느껴지며 단전에서 아무런 반응을 하지 않았다.

익숙지 않은 몸이라 여기고 다시 집중해 보았으나, 전과 마찬가지로 단전에서는 찢어질 것 같은 고통 이외에 아무것도 느껴지지 않았다.

즉, 단전이 파괴된 상태인 것이었다.

'…지금 이거 뭐냐?'

천마는 하도 황당해서 아무 말도 나오지 않았다.

눈을 떠보니 오른팔도 없고 단전은 파괴된 상태를 맞이한 것이었다.

의식이 실패한 것까지도 기억이 났다.

그리고 노 선인을 도중에 만난 것도 기억이 났다.

그런데 그것도 모자라서 대체 이게 무슨 상황이란 말인가.

선계로 진입하기 바로 직전에 강제로 부활했을 때도 그랬지만 하다못해 이젠 외팔에 단전이 파괴된 몸으로 들어온 것이었다.

어느 정도 상황이 인지된 천마는 어이가 없는 것을 넘어서, 몸을 부들부들 떨릴 만큼 화가 끓어오르기 시작했다.

"이런 우라질, 니기미 좆같은!"

쾅!

"끄으으윽!"

화가 나서 욕을 내뱉으며 침대 난간을 쳤는데, 손을 타고 온몸에 통증이 전해지면서 참을 수 없는 고통이 찾아왔다.

"오… 오라버니!"

그런 천마를 향해 갑자기 처음 보는 얼굴의 양 갈래 머리를 한 소녀가 달려들어 그를 부축했다.

갑자기 오라버니라고 부르며 자신을 부축하는 소녀를 본 천마가 인상을 찡그리더니 그 팔을 뿌리쳤다.

"뭐야, 네년은?"

소녀의 얼굴이 한순간 굳어버렸다.

"뭐? 네년? 오라버니, 미쳤어?"

소녀는 자신을 향해 네년이라고 말하는 천마의 말에 상처받았다는 얼굴로 화를 냈다.

전혀 알지 못하는 소녀가 자신을 오라버니라고 하며 화를 내니 천마로서도 황당할 수밖에 없었다.

그런데 갑자기 소녀가 천마의 양 볼을 두 손으로 덥석 붙잡았다.

"읍!"

갑작스럽게 양 볼을 붙잡힌 천마는 무섭게 눈썹을 치켜 올리며 화를 내려고 했으나 단전이 파괴된 고통으로 오히려 인상을 찡그려야 했다.

"오라버니, 눈 색깔은 또 왜 이래? 완전 시뻘겋잖아!"

붉은 눈을 보며 징그럽다는 눈빛으로 바라보는 소녀.

그런 소녀의 태도에 천마는 통증을 참아내며 그녀의 양손을 뿌리쳤다.

"네년, 지금 누구한테 감히… 큭!"

[연경아… 불쌍한 내 누이…….]

화를 내려 했던 천마의 뇌리로 알 수 없는 남자의 사념이 들려왔다.

마교에서 대제사장의 사념을 접했던 것과 마찬가지로 남자의 사념은 강하게 천마의 머리를 울리고 있었다.

"오라버니, 괜찮아? 갑자기 왜 그러는 거야?"

"으윽."

어찌나 그 사념이 강한지 속이 울렁거렸다.

육신에 강하게 남은 사념은 원영신이 열려 있는 천마에게는 귓가에 대고 속삭이는 것처럼 들렸기 때문에 머리가 울리는 것이었다.

[연경아… 연경아…….]

'혈손 놈의 육체가 아닌 게 확실하군.'

천여휘의 목소리와는 전혀 다른 사념이었다.

울려 퍼지는 사념을 그대로 두었다가는 두통마저 날 것 같았다.

결국 천마는 마교에서와 마찬가지로 영신의 소리를 차단해야만 했다.

"후우."

영신의 소리를 닫으니 천마의 머릿속을 울리며 괴롭히던 사념이 들리지 않게 되었다.

"오라버니, 많이 아픈 거야?"

사념 때문이라는 것을 모르는 소녀는 부상 때문인가 싶어 걱정스러운 표정으로 천마를 바라보았다.

"어이, 귀찮으니까 좀 떨어져라."

천마는 자신의 한쪽밖에 남지 않은 왼팔을 붙잡고 자신을 걱정하는 소녀를 떼어냈다.

계속 뿌리치는데 달라붙으니 천마로서는 여간 귀찮지 않을 수가 없었다.

반면 소녀는 자신의 오라버니의 태도가 전과는 다르자 점차 이상함을 느끼고 있었다.

"오라버니, 왜 그러는 거야? 나야, 나! 연경이야."

"연경이든 나발이든, 귀찮게 굴지 마라. 안 그래도 짜증 나는 마당에."

천마는 지금 끓어오르는 화를 주체하기 힘들었다.

노 선인과의 대화 도중에 강제로 혼백이 끌려와 부활했다.

그런데 눈을 떠보니 천양지체의 몸인 천여휘도 아닌, 거의 반병신이 된 몸에 부활한 것이었다.

화는 치밀어 오르고 머릿속은 정리가 되지 않는데, 걱정을 떠나서 귀찮게 달라붙으니 더욱 짜증 날 수밖에 없었다.

"지… 지금 그걸 말이라고 하는 거야?"

"짜증 나게 굴지 말고 꺼져라."

"이익!"

천마의 오른쪽 뺨 가까이로 소녀가 손바닥을 치켜들었다.

그러나 손이 그의 뺨에 닿기도 전에 소녀가 입술을 깨물며 손을 멈춰 세웠다.

소녀는 눈물이 그렁그렁 맺혀, 붉어진 얼굴로 천마를 노려보았다.

서운해 보이는 감정이 느껴질 정도였다.

"어이, 계집. 네가 울든 말든……."

찰싹!

차진 소리와 함께 천마의 고개가 휙, 하고 옆으로 꺾였다.

때리지 않을 것 같았는데, 결국은 천마의 뺨따귀를 날리고 만 소녀는 눈물을 흘리며 방을 뛰쳐나갔다.

"허어… 미친년."

천 년 만에 맞아본 뺨따귀였다.

단전이 파괴된 육체였기에 그 고통이 고스란히 몸을 타고 흘렀으니 얼마나 아플까.

천마는 자신의 뺨을 어루만지면서 짜증이 섞인 한숨을 내쉬었다.

찌릿!

갑자기 가슴이 아려왔다.

육신의 영향이라도 받은 건지, 알 수 없는 감정이 피어올라 천마의 가슴을 찔렀다.

하지만 이내 천마는 그런 감정을 깡그리 무시했다.

성정이 불같기는 했으나, 혼백으로 천 년이나 수양한 천마가 본래의 육신에 깃들어 있는 감정이나 사념 따위에 구애받을 리가 없었다.

천마가 기대고 있던 침대에서 불편한 몸을 일으켜 세웠다.

온몸이 으스러질 것 같은 고통이 전신으로 퍼져 나갔다.

워낙 오랜만에 느껴보는 고통이었기에 익숙하지 않은 천마였다.

"제기랄, 진짜 좆같네."

단전이 파괴된 고통은 범인이 이해하기 힘들 만큼 상상을 초월한다.

천마 정도 되는 극도의 인내심과 자존심을 가지지 않고는 몸을 단기간에 일으켜 세운다는 것은 꿈도 꾸기 힘들었다.

비틀!

넘어질 뻔한 몸을 붙잡은 뒤 침대 난간을 붙잡고 겨우 버텼다.

왼팔만으로 몸을 지탱하는 것이 힘들었는지 결국 천마는 다시 침대로 털썩 주저앉았다.

이렇게 약해진 자신을 대하는 것은 얼마 만이었던가.

"천… 마, 자네가 다시 선계로 오고 싶다면 깨달아야 하네."

노 선인이 마지막으로 남겼던 말이 머릿속을 맴돌았다.

천 년 간의 수양하며 원영신에 쌓아온 마기를 봉인시켜 놓고는, 모순적으로 다시 선계로 돌아오라고 말한 노 선인.

"미친 노친네! 지금 나와 장난질을 하는 건가."

말이 좋아서 다시 오라는 것이지 거의 포기하라는 말처럼 들렸다.

시련이라는 것도 어느 정도라고 생각하는 천마였다.

원시천존이 자신을 얼마나 미워하면 이런 식으로 사람을 골탕 먹이는 것인지 의문이 들 정도였다.

콰득!

천마의 왼손 손톱이 손바닥을 파고들었다.

손톱이 파고든 자리에서 피가 흘러내리며 침대 위로 뚝뚝 떨어졌다.

"…젠장."

생각하면 할수록 분노에 차올랐다.

어디서부터 꼬인 것인지 알 수 없을 만큼 모든 것이 엉망이
되었다.

천 년 동안이나 숙원해 왔던 선인의 길이나 천양지체의 몸으
로 무공을 단기간에 회복해 최대한 빨리 마교를 되살려 영광을
찾은 후 도의 중턱으로 돌아가려 했던 것이 전부 무산되었다.

"흐읍… 다시 등선하게. 우화등선하란 말……."

게다가 마지막으로 노 선인이 하려 했던 그 말은 더욱 천마
를 분노하게 만들었다.

이미 천마는 천 년 전에 등선해서 도의 중턱으로 간 반(半)
선인(仙人)이었다.

그런 자신에게 다시 등선하라니 그게 할 말이란 말인가.

뚝뚝!

핏방울이 떨어지며 침대보를 붉게 물들였다.

혈손들 앞에서는 화가 나도 일말의 희망을 기대했기에 참았
지만 지금은 아니었다.

결국 천마의 겨우겨우 붙들고 있던 한 가닥의 이성 줄이 끊
어지고 말았다.

"씨바아아발! 끄으아아아!"

쾅쾅!

쨍그랑!

천마는 눈에 보이는 모든 것을 한쪽밖에 없는 외팔로 집어 던지고, 발로 걷어찼다.

목침이 창밖으로 날아가고 침대 난간이 으스러졌다.

서책에서부터 벼루까지 눈에 걸리적거리는 것들은 전부 던져 버리고, 주먹으로 책장을 치고 엎어뜨리고 난리도 아니었다.

콰드득! 콰드득!

탁상에 올려놓은 꽃병을 바닥으로 던져서 조각조각 파편이 튀었는데도, 그것을 미친 듯이 밟았다. 파편들이 박혀 발이 피투성이가 되었는 데도 천마는 개의치 않고 더욱 미친 듯이 광분했다.

이런 식으로라도 분노를 풀지 않으면 스스로를 감당할 자신이 없어지는 천마였다.

한편, 외채에서 밖으로 뛰쳐나갔던 양 갈래 머리의 소녀, 사마연경은 마당 앞의 큰 나무를 붙들고 앉아서 서럽게 꺼이꺼이 울고 있었다.

"엉엉! 내가 그렇게… 그렇게 걱정했는데!"

열흘 동안 오열을 하며 걱정했던 오라버니가 깨어난 순간 너무나도 기뻐했던 그녀였다.

그러나 그것은 아주 잠깐이었다.

사경에서 돌아온 오라버니는 너무도 달라져 있었다.

사파의 가문인 사마세가의 사람답지 않게 부지런하고 순박할 정도로 착했던 오라버니였다.

"엉엉… 히끅… 욕까지 그렇게 하다니……."

그랬던 그가 욕을 하는 모습을 연경도 난생처음 봤다.

평소에 참아왔던 것이 아닌가 싶을 정도로 차진 욕이었다.

아직도 그 착한 오라버니의 입에서 나온 차가운 말을 생각하면 서러워지는 사마연경이었다.

흐르는 콧물까지 소매로 닦아가며 울던 그녀는 서서히 이성을 되찾아갔다.

"훌쩍… 맞아. 그래도 오라버니도 명색이 무림인인데, 저렇게 폐인이 되었는데… 화가 안 나는 게 더 이상하잖아."

이성을 되찾은 사마연경은 스스로 납득할 만한 이유를 찾아갔다.

단전이 파괴된 것은 무림인들이 가장 치욕스러워하는 점이었다.

무인이라면 단전이 파괴될 바엔 차라리 목숨을 거두는 쪽을 더 명예롭다고 여긴다.

물론 사파인들은 명예보다는 목숨을 더 선택하지만 단전이 파괴되는 것이라면 상황은 다르다. 가진 힘을 전부 잃는다면 무림인으로서 살아갈 원천을 잃는 것과 마찬가지였다.

"그래, 내가 오라버니를 이해하지 않으면 누가 이해하겠어!"

사마연경은 완전히 납득했다는 듯이 콧물을 닦았던 소매로 눈물에 젖은 눈을 비비며 고개를 끄덕였다.

오라버니에게 순진하고 착해빠졌다고 버릇처럼 말하는 그녀지만 그에 못지않게 순진한 누이였다.

다시 마음을 잡고 외채로 들어가려는 찰나였다.

"켈켈, 내가 늦게 온 겐가?"

"엇! 당신은 망할 돌팔… 아니! 사타 님."

순간 말실수를 할 뻔했지만 재빨리 정정했다.

. 왼쪽 눈에 검은 안대를 쓴 턱수염의 노인은 다름 아닌 사파 최고의 의원이라 불리는 괴의(怪醫) 사타였다. 사파의 의원답게 죽음을 몰고 다닐 것 같은 분위기를 풍기는 자였다.

"사타 님, 당신이 왜 이곳에 오신 거죠?"

사마연경은 갑자기 등장한 사타를 날카롭게 쏘아붙였다.

오라버니에게 시한부 선언을 하고는, 거금의 진찰비만 잔뜩 받아간 인간이 나타났으니 신경이 예민해지는 것은 당연했다.

"켈켈. 사마 소저, 너무 야박하게 굴지 말게나."

"지금 그걸 말이라고 하는 거예요? 우리 오라버니가 죽을 거라고 해놓곤!"

"켈켈. 사마 소저, 이 늙은이도 명색이 의원이네. 사마 가주께 진찰료를 받았으니, 마지막까지는 책임을 져야 하지 않겠나?"

"뭐… 뭐예요? 마지막?"

사타가 다시 사마세가를 방문한 것은 환자의 용태를 확인하기 위해 들른 것이었다.

그의 목숨은 시한부라고 선언하긴 했으나, 상황이 어찌 될지 알 수 없기에 확인차 찾아왔다. 하지만 사마연경의 입장에서는 가뜩이나 신경이 날카로워져 있는 마당에 못마땅한 인간까지 등장했으니 불난 집에 더욱 부채질을 한 꼴이었다.

"이 망할 돌팔이가……."

"씨이이이이바아아아아알!!"

"아……."

"켈켈… 이거 혹시 욕인가?"

그녀가 화를 내기도 전에 통곡에 젖은 차진 욕이 쩌렁쩌렁하게 울렸다.

그 소리가 어찌나 컸는지 세가 내에 있는 고용인들의 눈이 전부 휘둥그레져서 하던 일을 멈추고 소리가 난 외채를 바라보았다.

쉿소리 가득한 듣기 싫은 웃음소리를 내던 사타 역시도 외채로 시선을 돌렸다.

쨍그랑!

쾅쾅!

온갖 물건이 부서지는 소리가 외채에서 들려왔다.

심지어 반쯤 열려 있는 창문 틈으로 목침을 비롯해 서책 같은 것들이 마구 날아왔다.

그 광경을 본 사타는 마당의 구석에 있길 망정이지 창가에 있다가는 맞아죽을지도 모른다고 생각했다.

빽!

"억!"

그 순간 외채 바깥마당에서 빗질을 하고 있던 하인 한 명이 창에서 날아온 벼루에 봉변을 당했다. 하인은 외마디 비명과 함께 피를 질질 흘리면서 바닥으로 쓰러졌다.

"드… 들어가 봐야겠어요!"

"켈켈. 사마 소저, 가… 같이 가세나!"

놀란 사마연경과 사타는 황급히 외채 안으로 뛰어 들어갔다.

방문을 열어젖힌 그들은 방 안의 광경에 경악하고 말았다.

불과 일각 전에는 멀쩡했던 외채의 방 안의 가구들이 온통 엉망진창으로 부서져 있었다.

게다가 사방은 온통 피범벅이었다.

그것이 누구의 피인지는 불 보듯 뻔했다.

"오! 이런……."

"오… 오라버니!"

방 안의 구석에 기대앉아 있는 천마의 발에는 화병의 파편이 박혀 피가 흐르고 있었고, 그나마 남아 있는 왼팔의 왼쪽 주먹은 으스러진 것처럼 전부 까져서 피투성이가 되어 있었다.

그 광경을 바라본 사마연경은 온몸에 소름이 돋았다.

"크큭……."

온몸이 엉망으로 피 칠갑이 된 천마가 멍한 눈으로 허공을 응시하더니, 갑자기 미친 듯이 큰소리로 웃기 시작했다.

"크크크큭, 크하하하하하하핫!"

광분을 하며 방을 엉망진창으로 만든 것도 모자라, 이제는 미친 듯이 웃어대니 사마연경은 정말 제 오라버니가 미쳤다는 생각마저 들었다.

그런 생각이 들자 섣불리 오라버니에게 다가갈 엄두조차 나지 않았다.

그것은 사파 최고의 의원인 사타 역시도 마찬가지였다.

"크하하하하하하하!"

뚝!

한데 미친 듯이 웃던 천마가 갑자기 그 웃음을 멈췄다.

그러고는 홍안이 일렁이더니 살기 가득한 안광을 내뿜으며 속삭이듯 읊조렸다.

"…빌어먹을 것들, 싹 다 엎어버리겠어."

쿵!

그 말을 마지막으로 천마는 구석 벽으로 뒷머리를 쿵, 하고 박으며 바닥으로 쓰러졌다.

너무 순식간에 벌어진 일인지라, 경악하고만 사마연경은 창백해진 얼굴로 아무 말도 하지 못했다.

그런 사마연경에게 사타가 혀를 차며 말했다.

"쯧쯧, 소저의 오라버니. 제대로 미쳤군."

8장

천마님, 내기하다

몸의 고통 따위는 잊은 지 오래였다.

방 안에 보이는 모든 것을 다 때려 부수고 광분을 한 천마는 자신의 몸이 온통 피투성이가 돼서야 한결 차분해질 수 있었다.

천마의 머릿속에는 다른 모든 상황을 배제하고 온통 노 선인의 마지막 말만이 반복되고 있었다.

다시 우화등선해서 돌아오라는 그 말 한마디가 그를 괴롭혔다.

자신의 의지로 부활한 것도 아니었을뿐더러, 천 년을 수양한 결과가 이런 식이 될 줄은 꿈에도 몰랐었다.

점차 천마가 냉정을 되찾자 생각은 꼬리를 물기 시작했고, 결국 그는 어쩌다가 이런 상황에 직면하게 되었는지까지 그 연유를 거슬러 추론하기 시작했다.

한참을 고민했던 천마가 내린 결론은 단 하나였다.

"…빌어먹을 것들, 싹 다 엎어버리겠어."

원초적인 원인은 단 하나였다.

자신을 부활시켜야 하는 상황을 만든 것들.

그것은 바로 검문(劍門)이었다.

소위 정의를 숭상한다며 고상을 떠는 명문 정파라는 것들이 중원을 제패하겠다고 든 것이 애초의 시발점이었다.

그들이 나서지 않았다더라면 여전히 무림은 정(正), 사(私), 마(魔) 세 개의 세력이 균형을 이뤘을 것이다.

'검문… 검선, 이 개새끼!'

그리고 중요한 또 다른 이유는 검문은 바로 검선(劍仙)이 세운 문파였다.

천 년 전부터 지금까지 자신의 앞길을 막고 있는 검선이라는 두 글자가 이제는 평생의 숙원마저 가로막았다. 그 망할 후손 놈들이 말이다.

선계로 가서 검선을 놀려 먹으려고 했던 것은 이미 안중에도 없었다.

천마에게 검문은 철전지 원수가 되었고, 기필코 없애 버리겠다는 살심마저 품게 만들었다.

천 년 간의 선도로 가기 위한 수양 따위는 이제 다 필요 없었다.

한번 결심을 하면 끝장을 봐야 하는 것이 바로 천마였다. 검문이라는 곳 자체를 사족까지 전부 멸문시켜야 직성이 풀릴 것 같았다.

'으으음.'

그렇게 확고한 결심이 서자 천마는 힘이 풀이 풀려 뒤로 넘어가며 정신을 잃고 말았다.

육신의 고통을 무시하고 광분을 했던 여파가 그대로 돌아온 것이었다.

얼마나 정신을 잃고 있었던 것일까.

한참을 누워 있던 천마가 정신을 차린 것은 다 늦은 밤이었다.

눈을 떠보니 방은 노란 촛불 빛으로 아른거리고 있었다.

"크윽."

온몸이 찌릿찌릿한 통증으로 가득했다.

처음 이 몸에 들어왔을 때와는 비교하기 힘들었다.

그렇게 광분을 했으니, 몸이 성할 리가 없었다. 상체라도 일으켜 기대고 싶은데 그 역시도 힘들었다.

"켈켈, 노부가 도와주지."

그때 누군가가 천마를 붙잡고 벽에 기댈 수 있도록 도와주었다.

짙은 약재의 냄새와 혈향이 천마의 코끝을 맴돌았다.

"뭐야? 의원인가?"

"켈켈, 제법 눈치가 빠르구먼."

안대를 하고 쉿소리가 섞인 웃음소리를 낸 늙은이는 바로 괴의 사타였다.

정파 무림의 약선(藥仙)이 있다면 사파에는 괴의(怪醫)가 있다는 말이 있을 정도로 무림에서 쌍벽을 이루는 외과의 달인 사타가 어째서 이곳에서 그를 돌보고 있는 것일까.

벽에 몸을 반쯤 기대앉게 된 천마는 그의 웃음소리가 듣기 거북했는지, 인상을 쓰며 말했다.

"늙은이, 내 몸에서 떨어져라."

"켈켈, 그럴 수야 있나. 아픈 환자를 돌보는 것이 의원의 도리인데."

스윽!

"……?"

그렇게 말하면서 사타가 한 행동은 의외였다.

친절하게 아픈 환자를 돌봐야 한다고 말했던 것과 달리 손에는 작은 의료용 칼이 들려 있었다. 사타가 쥐고 있는 의료용 칼이 향한 곳은 다름 아닌 천마의 목이었다.

갑작스럽게 목에 날카로운 칼이 닿자 천마의 표정은 묘하게 뒤틀렸다.

"…의원이라는 양반이 환자의 목에 칼을 대어도 되나?"

"켈켈, 일반적인 환자라야 말이지."

"늙은이가 죽고 싶어서 환장했나. 읍! …읍!"

천 년 전의 살아생전에도 천마의 목 가까이로 누군가 칼을 갖다 댄 적이 없었다.

그런 천마의 목에 무인도 아닌 일개 의원이 칼로 위협을 하니, 얼굴에 그 표정이 적나라하게 드러날 만큼 어이가 없었다.

부상이 심한 걸 떠나서 당장에 칼을 빼앗아 의원을 목을 찔러 버리고 싶었다.

"읍! 읍! 이거 뭐야?"

그런데 몸이 움직이지 않았다.

안간힘을 써보아도 상체와 목이 앞뒤로 살짝 움직여지는 것을 제외하고는, 어떤 곳도 반응하지 않았다.

그런 천마를 보며 사타가 비웃음이 담긴 목소리로 말했다.

"켈켈, 몸이 움직여지지 않아서 당황했지?"

"…젠장, 망할 늙은이. 무슨 짓을 한 거냐?"

"자네의 팔다리에 마비 침을 놓았거든."

"뭐야?!"

사타의 말대로 천마의 왼팔을 비롯한 두 다리에는 상당수의 침이 꽂혀 있었다.

그것들이 전부 혈과 근육을 자극하고 있어서 몸을 제대로 움직일 수 없었던 것이었다.

사타가 득의양양한 표정을 지은 건 전부 이런 사전 준비가 있었기 때문이었다.

"켈켈, 내 마비 침은 단전이 파괴된 자네가 어떻게 할 수 있는 것이 아니지."

"……"

확실히 마비 침을 떠나서 내력을 운용할 수 없었기에 그를 어떻게 할 방법이 없었다.

천마는 기가 차다는 듯이 콧방귀를 뀌었다.

철저하게 압박을 당한 상황에 처하자 스스로가 얼마큼 약체화되었는지 인지가 되었다.

'최악이군.'

다 뒤엎어 버리겠다고 다짐을 했는데, 의원에게조차도 제압당하는 상황이 발생하니 묘한 감정이 들었다. 마치 과거의 '그 시절'로 돌아간 느낌이었다.

무림 역사상 최강이라 불렸던 천마지만 처음부터 그랬던 것은 아니었다.

천마 역시도 약하던 시절도 있었고, 우여곡절도 많았다. 그것을 전부 이겨냈기에 무림의 역사에 남을 수 있었던 것이었다.

'젠장! 그 시절보다도 더 하군.'

그래도 그 시절에는 팔이 잘리진 않았다.

그렇기 때문에 이런 몸으로는 자신이 생각하는 철저한 복수가 불가능하다.

심지어 눈앞에서 칼을 들이미는 미친 의원에게조차도 목숨을 위협당하는 몸이니 말이다.

"켈켈, 역시 내 확신이 맞았어."

"미친 늙은이, 무슨 확신이라는 거냐?"

꾸욱!

주륵!

사타가 들고 있는 칼에 힘을 주자 천마의 목을 살짝 파고들며 피가 흘러내렸다.

목숨을 위협하는 날카로운 눈빛으로 사타가 천마를 노려보며 말했다.

"네놈, 대체 누구냐?"

"…누구냐고?"

"모르는 척하지 마라! 네놈은 사마세가의 삼 공자 사마영천이 아니야."

천마의 혼백이 깃든 육신의 이름이 밝혀졌다.

천마가 지금 차지하고 있는 육신은 사마세가의 삼 공자인 사마영천의 몸이었다.

천마는 자신의 혼백이 깃든 육신의 이름을 알게 되자 눈썹을 꿈틀거렸다.

그런 천마의 반응을 아는지 모르는지, 사타가 여전히 날카로운 눈빛으로 말을 이어갔다.

"켈켈, 이런 상황에서 두려워하지 않고 오히려 화가 난 얼굴을 하다니. 네놈은 역시 그 사마영천이라는 멍청한 놈이 아니야."

사타는 기절한 사마영천을 옆에 두고, 사마연경에게서 많은 얘기를 들었었다.

그도 그럴 것이 사마연경의 말에 따르면 원래 죽었어야 할 사마영천이 깨어나서 발광을 하며 평소랑 다른 성격을 보인다고 하던데, 사파에서도 명성 높은 의원인 사타가 그것을 간과할 리가 없었다.

'순진할 만큼 착해빠진 놈이라고 했는데, 전혀 아니야. 그리고 이놈은…….'

다 죽어가던 자라고는 믿기지 않을 만큼 눈빛이 붉고 살아있었다.

천마의 핏빛 홍안에서 뿜어져 나오는 안광은 보는 사람으로 하여금 알 수 없는 위압감마저 주고 있었다.

단전이 파괴되고 팔이 잘린 폐인에게서 나올 그런 눈빛이 아니었다.

사타가 왼손의 검지로 그의 눈을 가렸다.

"네놈의 그 눈!"

"…내 눈이 어쨌다는 거냐? 늙은아."

사타의 말에 천마의 목소리가 차갑게 식었다.

아무리 성정이 불같은 천마라고 할지라도 바보는 아니었다.

아직 자신이 깨어난 이곳이 어딘지도 모른다.

마교가 아닌 이상 불완전하고 약해빠진 몸에 들어간 상황에서 정체를 들킨다는 것은 위험한 상황을 초래한다.

"그 핏빛을 띠는 그 눈은 마치 죽은 자에게서나 볼……."

콰득!

"끄아아아아아아아악!!"

뭔가 뜯겨져 나가는 소리와 함께 사타는 귀가 찢어질 것 같은 목소리로 고통스러운 비명을 질렀다. 이마에 튀어나올 듯 핏줄까지 선 채 사타가 고통스러운 표정으로 자신의 왼손을 꼭 붙들었다.

주르륵!

그가 붙들고 있는 손가락들 사이로 짙은 농도의 붉은 피가 선을 그리며 흘러내렸다.

오드득, 오드득!

뼈를 씹는 소리가 이상하리만치 듣기 싫을 정도로 방 안을 크게 울렸다.

"퉷!"

투툭!

그때 천마가 뭔가를 뱉었는데, 그것은 바닥으로 데굴데굴 굴러 떨어졌다.

그와 동시에 고통의 비명을 질렀던 사타가 인상을 쓰며 지혈하기 위해 붙들고 있던 손을 떼고 탁자에 있던 붕대를 집어 들어 미친 듯이 왼손 손가락에 감았다.

의원다운 빠른 처방이었다.

피범벅이 된 사타의 왼손의 검지는 선명한 이빨 자국을 남긴 채 뜯겨져 나가 있었다.

"끄으윽."

사타의 검지를 뜯은 것은 바로 천마였다.

상체와 목만 움직일 수 있던 천마는 놀랍게도 한순간에 사타의 검지를 물어뜯어 버린 것이었다. 게다가 그것도 모자라 그의 검지를 잘근잘근 씹어서 바닥으로 뱉었다.

바닥에 널브러져 형상을 알아보기도 힘든 그의 검지를 보면서 사타는 질렸다는 얼굴로 분노에 차 천마를 노려보았다.

"이… 이놈!"

치열하고 험한 사파 무림의 의원으로 살아오면서, 산전수전 다 겪어봤다고 생각했던 괴의 사타였다.

하나 그런 그조차도 이런 어이없는 경우는 살면서 처음 겪어보았다.

짐승도 아니고 목숨을 위협받는 상황에서 손가락을 물어뜯길 줄은 상상도 하지 못했다.

"젠장, 온통 약내군. 늙은이의 고기라서 그런지 맛대가리도 없고 말이야."

오싹!

그 말에 소름이 돋았다.

태연스럽게 말하는 천마의 입가는 온통 피범벅이었다.

핏빛 홍안을 반짝이고 입가의 피를 핥으며 말하는 그 모습은 괴팍하기로 유명한 사타조차도 일순간 두려움에 떨게 만들었다.

"늙은이, 이왕 못 움직이게 하고 싶었다면 상체나 목도 못 움직이게 했어야지."

"뭐야?"

"노망이 났나 보군. 잘 안 들리나?"

"지금 이 노부에게 훈수를 둔 거냐?"

심지어 이런 상황에서 사타에게 훈수까지 두고 있었다.

손가락을 물어뜯는 돌발적인 행동을 함으로써 상대방에게 두려움을 느끼게 했지만 여전히 몸을 움직일 수 없어서 불리한 쪽은 천마였다.

그러나 상대를 자극해서 전혀 좋을 것이 없는 상황임에도 불구하고, 오히려 천마는 여유로워 보이기까지 했다. 마치 이런 상황을 많이 겪어본 경험 많은 노고수인 것처럼 말이다.

'이놈, 단순히 허세인 거냐? 아니면… 배짱이 보통이 아닌 거냐?'

사타가 눈을 이리저리 굴리며 고민하고 있던 찰나였다.

똑똑!

그때 누군가 방문을 두드리더니 이내 조심스럽게 문을 열고 들어왔다.

방으로 들어온 사람은 바로 사마연경이었다.

"이… 이게 무슨 일이죠?"

방문을 열고 들어온 사마연경은 눈앞에 벌어진 상황에 당혹스러워했다.

손에 붕대를 감고 있었지만 피를 뚝뚝 흘리고 있는 괴의 사타.

그리고 입가엔 피범벅이 되어서 벽에 기대어 있는 천마의 모습은 가관도 아니었다.

"…대체 무슨 일이 있었던 거예요?"

*   *   *

방으로 들어온 사마연경은 당혹감이 드는 동시에 기분이 나빠졌다.

처음의 무성의해 보였던 태도와 달리, 천운으로 살아난 오라버니를 돌봐주겠다던 사타였다.

그러고는 사마영천이 안정을 취해야 한다며 한동안은 출입을 삼가하길 권고했다.

그래도 같은 배 속의 혈육인 자신마저 오라버니를 돌보지 않는다면 어쩌겠나 싶어 방으로 들어왔더니, 오라버니의 몰골이 말이 아니었으니 얼마나 당혹스럽겠는가.

"지금 치료 중이라는 말도 안 되는 헛. 소. 리를 하진 않으시겠죠? 사타 님."

"켈켈, 이것 참……."

사타 역시도 갑작스러운 사마연경의 등장에 머쓱했는지 한걸음 물러섰다.

그리고 그녀가 눈치채지 못하게 바닥에 떨어뜨렸던 의료용 칼을 침대 밑으로 발로 툭툭 차 넣었다.

"당장 말씀해 보시지요!"

사타를 향해 성큼성큼 다가오는 사마연경은 만약 그가 허튼수작을 부린다면 잡아먹을 기세였다.

그런 그녀에게 사타가 특유의 쉿소리 섞인 웃음소리를 내며 손사래를 쳤다.

"켈켈, 이거 본의 아니게 오해를 샀구먼. 치료 도중이었는데, 소저의 오라버니가 깨어나서 다시 안정을 취하게 하려던

참이었네."

"지금 그게 사실인가요?"

"켈켈, 이 노부가 뭐 하러 소저에게 거짓을 말하겠는가."

능청스럽게 핑계를 대던 사타가 자연스럽게 몸을 돌려 천마에게로 다가갔다.

마치 의원이 환자를 돌보는 것처럼 그에게 이불을 덮어주며 천마의 귓가로 조용한 목소리로 속삭였다.

"이놈아, 아직 시간은 많으니 나중에 천천히 얘기해 보도록 하자꾸나."

아직 사타는 의문이 해소가 되지 않은 모양이었다.

궁금증을 푸는 데 방해를 받고 싶지 않았던 사타는 어차피 치료를 위해 계속 사마세가를 방문해야 했기에 다음으로 기약하는 것이었다.

이에 천마가 여전히 날카로운 눈빛으로 쏘아붙이듯 경고했다.

"늙은이, 입 냄새가 참 고약하군. 면상 치워라."

"네놈, 입버릇이 참 고약하구나. 켈켈."

끝끝내 단 한 번도 기가 죽지 않는 천마의 말투에 감탄했다는 듯이 사타가 웃어 보였다.

그 역시도 괴의라 불리는 만큼 독특한 성정을 지닌 것만은 확실했다.

목숨을 위협받던 불리한 입장에 놓인 천마에게 있어서 불행 중 다행이라고 해야 할 것이다.

"켈켈, 밤이 늦었으니 가보아야겠네."

"벌써요?"

"노부도 쉬어야 할 것 아닌가."

사타는 부랴부랴 가지고 온 도구들을 챙겨서 방을 나가려 했다. 그런 사타의 등 뒤로 천마가 큰 소리로 외쳤다.

"어이, 늙은이. 꽂아놓은 침은 가져가야지."

여전히 천마의 팔다리의 혈에는 침이 꽂혀 있었다.

사타가 이걸 빼고 가지 않으면 천마는 움직일 수가 없었다.

그런 천마를 향해 사타가 누런 이빨을 드러내며 미소로 화답했다.

"켈켈, 침은 나중에 내가 가거든 반 시진 뒤쯤에 사마 소저가 뽑아주시게."

그 말에 천마는 아쉬운 표정으로 입맛을 다셨다.

사타는 참으로 조심스러운 자였다.

팔다리를 움직일 수 없는 천마에게 손가락을 물어뜯긴 그였다.

그렇기 때문에 지금 당장 천마에게 놓인 침을 뽑았다간 어디로 튈지 모르는 그가 무슨 행동을 벌일지 알 수 없기에 애써 모험을 하고 싶진 않았다.

사타가 방을 나가자 천마는 내색하진 않았지만 안도의 숨을 내쉬었다.

반면 사마연경이 그런 천마를 안타까운 눈으로 지그시 바라보았다.

"…오라버니."

그녀는 낮 시간 동안, 기절해 있던 오라버니에 대해 많은 생각을 했었다.

자신의 오라버니가 얼마나 상심이 컸으면 평소에 하지 않던 행동을 했던 것일까.

정신을 차려보니 팔이 잘리고 단전이 파괴되어 있다면 누구라도 제정신이 아닐 수밖에 없다고 여겼었다.

생각이 거기에까지 미치자 오라버니에 대한 연민의 감정이 들었다.

그러나.

"…난 네 오라버니가 아니다. 이 침이나 뽑아다오, 계집."

찰싹!

"오라버니, 미워! 엉엉!"

또다시 천마는 뺨따귀를 맞고 말았다.

사마연경은 서러움에 눈물을 훔치며, 방을 뛰쳐나갔다.

오라버니의 냉정한 한마디에도 상처받는, 한없이 어린 그녀였다.

"허… 미친년."

천마는 진심으로 짜증 냈다.

마비 침도 뽑히지 않아서 뺨따귀를 피할 수도 없었다.

천 년 만에 두 번째로 맞아보는 따귀였다.

"젠장, 이러고 자야 하나."

빠른 회복을 위해서 숙면을 취해야 할 것 같긴 한데, 마비
침으로 인해 고정된 자세로 잠이 들어야 하는 처지이니 늦은
밤까지 짜증으로 잠을 이룰 수 없었던 천마였다.

그렇게 다시 부활한 천마의 하루는 다사다난(多事多難)하기
만 했다.

한편 같은 시각, 어두운 밤하늘을 뚫고 높게 치솟은 푸른
망루.

달빛이 은은하게 비추는 푸른 망루의 꼭대기에서 검은 삿
갓에 붉은 피풍의를 걸친 정체 모를 사내가 아슬아슬한 위치
에 자리하고 있었다.

망루 지붕의 꼭대기에서 묘기를 부리듯 한쪽 발끝으로 중심
을 잡고 있는 모습이 상상을 초월하는 경신법의 대가인 듯했다.

그 낯선 인영의 시선은 서남쪽 방향을 향하고 있었다.

그곳을 한참 동안 바라보던 찰나, 그가 허공을 향해 손을

뻗었다.

날개가 퍼드덕거리는 소리와 함께 보랏빛 수리가 멋지게 활 공하며 내려와, 그의 팔에 안정적으로 착지했다.

"옳지."

사내는 자신의 팔에 착지한 수리의 부리에 준비해 두었던 돼지고기 덩어리를 물려주었다.

수리가 고기를 맛있게 음미하는 사이, 사내는 수리의 발목에 묶여 있던 작고 긴 통발에서 돌돌 말려진 서찰을 꺼내 들었다.

말려 있던 서찰을 펴 들었지만 그것은 하얀 백지일 뿐 아무 런 글씨도 적혀 있지 않았다.

사내가 허리춤에서 작은 호리병을 꺼내 들어 묘한 향이 나 는 검은 액체를 서찰에 흘리자 놀랍게도 비어 있던 서찰에 검 은 액체들이 들러붙어 글씨를 형성해 갔다.

글씨가 완전히 형성되자 그것을 조심스럽게 펴 들은 사내 의 눈이 천천히 아래로 훑어 내려갔다.

오랜만이오.

직접적으로 서신을 주고받는 것은 위험하다고 하였지만 급 한 일이기에 자홍(紫弘)을 통해 서두른 것이오. 그 점을 양해 하길 바라오.

공과 상의한 대로 '이곳'을 내부에서부터 천천히 공을 들이려 했소.

폐인이 된 '그자'가 여전히 정신 차리지 못하고 있기에 천천히 시간을 들인다면 '이곳'을 내 수중에 넣는 데는 명분상으로도 무리가 없을 것 같았는데, 문제가 생겨 버렸소.

'그자'의 혈육들을 너무 가벼이 여겼던 것 같소.

혈육들과 그 세력들이 위험한 의식을 행했소. '죽은 자'를 부활시키려는 위험한 계획을 저지른 것이오.

내부에서 공을 들이는 도중에 '죽은 자'가 부활한다면 엄청난 차질이 빚어질 것이기에 어쩔 수 없이 손을 써야 했소.

의식은 본인이 보낸 '자들'이 저지하는 데 성공했소.

하나, 이들이 다시 부활의 의식을 행한다거나, 다른 방도를 찾으려 든다면 그대와 나의 계획은 수포로 돌아갈 것이오.

서둘러야 할 것 같소. 공께 견해를 청하오.

서찰의 내용은 이러했다.

전체적으로 정확한 명칭을 칭하지는 않았지만 사내는 그것을 이해한 듯했다.

사내가 서찰을 든 손을 뻗어 위로 날리자 놀랍게도 서찰에서 불꽃이 타올라 검은 재를 날리며 허공으로 아스러져 갔다.

"죽은 자를 부활시키는 의식이라… 그곳에 여전히 '견본'이 남아 있었나."

검은 삿갓에 가려져 입술 위로는 전혀 모습이 보이지 않았지만 입꼬리가 올라가는 것을 보아 상당히 흥미로워하는 듯했다.

"명분 따위를 생각하다 발등에 불이 붙었으니, 서두르셔야지. 기껏 무인이라는 자가 제 손에 피를 묻히지 않고 드시려고 하면 쓰나, 크큭."

사내는 품 안에서 구겨진 빈 종이를 꺼내 들어, 또 다른 호리병을 꺼내 붓을 담가 빠르게 서찰을 써 내려갔다.

신기한 것은 붓으로 글씨를 써 내려감에도 불구하고 종이에는 아무것도 적히지 않았다.

완성된 서찰을 다시 돌돌 말아 보랏빛 수리의 발목에 묶여 있는 통발에 집어넣었다.

한참을 날아와서 그런지 여전히 배고픈 수리는 부리를 열었다, 닫았다 하며 입맛을 다셨다.

그런 수리에게 사내가 고깃덩어리 한 점을 더 주었다.

고깃덩어리가 부리로 들어가 거의 보이지 않을 무렵, 사내가 손에 힘을 주어 수리를 하늘로 날려 보냈다.

다시 기운차게 밤하늘을 가로지르며 날아가는 수리를 본 사내가 낮은 목소리로 중얼거렸다.

"…죽은 자를 부활시킨다. 그게 과연 누구였을려나, 크큭."

그리고 망루 지붕의 끝에는 처음부터 아무도 없었던 것처럼 사내의 신형이 허공으로 녹아들 듯 스며들었다.

찬바람이 흩날리는 밤하늘의 높은 망루에서 불길함을 엄습하는 작은 불씨가 타오르기 시작했다.

사마영천이 깨어난 지도 벌써 일주일이라는 시간이 지났다.

그가 깨어난 후로 세가의 외채로 빈번하게 왔다 갔다 하는 이들이 있었다.

그들은 다름 아닌 그의 여동생인 사마연경과 괴의 사타였다.

하루가 멀다 하고 병상 중인 사마영천의 방을 자주 방문하는 그들이었지만 특이하게도 들어갈 때와 나올 때의 모습은 천양지차였다.

뭔가 굳은 결의를 가지고 매번 들어가는 사마연경은 나올 때마다 실의에 차서 눈물을 훔치며 '미워!' 하고 소리를 빽 지르면서 밖으로 뛰쳐나오기 일쑤였다.

마찬가지로 괴의 사타 역시도 항상 외채 밖에서 특유의 쇳소리로 '켈켈, 오늘은 꼭 알아내겠어' 하며 결의를 다지고 들어갔지만 나올 때는 항상 분노에 찬 얼굴로 '망할 놈의 자식!' 하며 씩씩대면서 마루를 쿵쿵거리며 나왔다.

어찌나 반응이 한결같은지 외채 마당을 오가는 세가의 하인들이 그들의 표정만 보아도 '오늘도 역시인가' 하며 혀를 차는 것이 일상이 되어버렸다.

이미 세가 내에서는 사마영천이 혼수상태에서 깨어난 후로 미쳤다는 소문이 파다하게 나 있었다. 그런 와중에 사마연경과 사타의 반응까지 겹쳐, 셋째 공자가 제대로 미쳐서 가망이 없다는 소문마저 돌고 있었다.

그렇게 일주일이라는 시간이 흐르고, 여드레째의 늦은 오후를 맞이하고 있었다.

외채 마당에서 청소를 하고 있던 하인들은 쉬는 시간을 맞아, 저들끼리 삼삼오오 모여서 소곤거리며 잡담을 떠들고 있었다.

"에구, 그러나저러나 정말 코빼기도 안 보이시는구면."

"예끼, 이 사람아. 그걸 몰라서 그래."

벌써 일주일이라는 시간이 지났지만 세가의 친인척들 중 누구도 외채로 출입하는 이들이 없었다. 사경을 헤맸을 만큼 큰 부상을 이기고 깨어난 셋째 공자임에도 불구하고, 흔한 병문안조차 하지 않는 이유는 무엇일까.

"죽이려고 작정을 하셨는데, 공자께서 안 돌아가셨으니 올리가 없지 않은가."

"하긴. 그리 착하신 분을 저 지경으로 만들어놨으니."

하인들조차도 세가의 돌아가는 사정은 어느 정도는 알고 있었다.

혼외로 낳은 공자인 사마영천이 세가에서 얼마나 미운 털이 박혀 있는지를 말이다.

"그나마 안 오는 게 나을 수도 있어, 이 사람아."

"병문안 말인가?"

"무슨 놈의 병문안이야. 첫째, 둘째 공자님이 오셨다가 무슨 사달이 나려고."

"그렇지? 그나마 셋째 공자가 미친 게 다행일 수도 있겠구먼."

멀쩡할 때도 사마영천을 죽이려고 들던 쌍둥이 공자들이었다.

그런데 천운으로 살아났으니, 후환을 남기고 싶지 않았을 것은 틀림없었다.

그 와중에 세가 전체에 셋째 공자가 깨어났지만 미쳐 버렸다는 소문이 팽배했다.

가모와 쌍둥이 공자들 입장에서는 반가운 소식이라고 할 수 있었다.

이유야 어찌 되었든 하인들이 보기에는 쌍둥이 공자들이 외채로 방문하지 않는 게 오히려 다행이라고 할 수 있었다.

"미친 것도 그렇지만 가주께서 근신하라고 하셨으니 그렇지. 안 그랬다가는… 어휴."

"그러게 말일세."

"그나저나 가주께서는 통 코빼기도 보이지 않으시다니. 그래도 집안에서 유일하게 셋째 공자를 싫어하진 않으셨는데 말이야."

의외로 사마영천의 치료를 위해 사파 제일의 의원인 괴의 사타를 고용하고는, 외채에는 얼굴조차 보이지 않는 가주였다.

이들이 이렇게 말은 하고 있었지만 사실 어느 정도 짐작은 하고 있었다.

그나마 가주가 셋째 공자인 사마영천에게 관심을 보였던 것은 세가의 무공에 재능을 보였기 때문이었다. 그런데 거의 폐인이 되다시피 했으니 알 만도 했다.

"그래도 용태라도 묻는 게 어딘가."

"용태는 무슨. 자네도 알지 않나."

그저께까지만 하더라도 외채로 방문은 하지 않았지만 이틀에 한 번 꼴로는 하인들을 불러 사마영천의 용태를 묻곤 했었다.

사파 최고의 의원인 사타가 치료를 하고 있으니, 혹시나 무공이 회복될 여지가 있는지 궁금해서였다.

"요 며칠은 조용하기만 하구먼."

"개복이 자네는 외채에서만 일해서 몰랐구먼."

하인 개복은 세가에서 일한 지 다섯 달 정도밖에 되지 않은 신참이었다.

허구한 날 외채 마당만 쓸고 잡일을 하니, 다른 하인들에 비해서 집안 돌아가는 사정을 뒤늦게 알기 일쑤였다.

"무엇을 말인가?"

"가주께서 오늘 아침 일찍 출타하셨다네."

"그게 정말인가?"

"그 정파 무림맹인가 머시기인가에서 긴급 호출이 있으셨다는데."

"허어, 하필 이 시기에?"

매우 공교로운 일이었다.

사마세가의 두 쌍둥이 공자들이 근신을 명받은 지도 상당 시일이 흘렀다.

사실 근신이라고 해봐야 처신을 조심하라는 의미였기에 어느 정도 규제가 완화된 상태였다. 더군다나 죽을 줄 알았던 사마영천이 천운으로 살았으니, 더욱 분위기는 그러하게 흘러갔다.

그런 와중에 사마 가주가 자리를 비웠으니, 불길한 것도 당연했다.

"오늘 이러다 꼭 무슨 일이라도 벌어지는 게 아닐까 걱정… 헉!"

"왜 그러는가?"

"고… 공자들일세."

호랑이도 제 말 하면 나타난다고 했던가.

하인들이 떠들던 사이에 외채로 사이좋게 나란히 걸어오는 이들이 있었다.

이십대 중반 정도로 보이는 찢어진 눈매, 호리호리한 체격에 파란 비단 옷을 입은 똑같이 생긴 두 공자였다. 얼핏 보아선 누가 누구인지 구분하기 힘들 정도였다.

단 하나 다른 점이 있다면 우측에 있는 동생 쪽의 키가 살짝 더 컸다.

휴식 시간을 틈타 수다를 떨던 하인들은 당황한 나머지, 일사불란하게 흩어지며 다시 제자리로 복귀하였다.

그렇게 제자리로 돌아가 열심히 일하는 척 자세를 잡은 개복은 외채 안의 셋째 공자가 걱정되었다.

'오늘 정말 무슨 불상사라도 생기는 거 아냐? 아녀… 그래도 안에 사타 님이 계실 턴데.'

한 가지 다행스러운 점은 반 시진 전에 괴의 사타가 외채로 방문한 것이었다.

치료를 핑계 삼아 하루에 한 번은 꼭 왕진을 오는 사타였다.

아무리 세가 내에서도 제멋대로인 쌍둥이 공자들이라고 하여도, 외채로 방문한 자는 사파에서도 이름 높은 괴의였다. 함부로 하진 못할 것이라 여겼다.

"여봐라."

'헉!'

"예… 예입!"

빗자루로 마당을 쓸면서 애써 모른 척하던 개복이 깜짝 놀라 답했다.

하필이면 자신을 부르리라고는 생각지도 못했었다.

'어이쿠, 간 떨어질 뻔했네. 하고많은 사람 중에 왜 나여.'

셋째 공자를 걱정할 게 아니라, 본인을 걱정해야 할 판국이었다.

상대는 사마세가에서 망할 망나니들이라 불리는 쌍둥이 공자들이었다. 제 마음에 안 들면 하인들을 잡아다 패는 것은 일상다반사였다.

"안에 녀석이 있나?"

"녀석이라면?"

"그 더러운 씨 말이야."

'허어… 그래도 제 동생인데.'

가모와 쌍둥이 공자들은 절대로 사마영천과 사마연경을 인정하지 않는다.

정상적인 집안에서도 혼외 자식이 들어오면 미움을 많이 받겠지만 하물며 사파 집안에다 성격이 모난 인간들만 모였으니 더더욱 그러했다.

"크흠… 그… 그 안에 괴의 어르신께서 진료 중이십니다."

개복은 쌍둥이 공자들이 혹시나 외채로 다짜고짜 들어가서 깽판을 벌일까 싶어, 미리 괴의가 방문하고 있다는 것을 알려주었다.

"괴의? 아, 그 용하다는 의원 영감?"

"실력 좀 있다지요, 형님?"

"제까짓 놈이 용해봐야 의원 놈이 아니냐. 킬킬."

'어… 이게 아닌데.'

예상과는 전혀 다른 반응에 개복은 당황해했다.

잔꾀 많고 간사한 사마 가주조차도 높은 명성으로 조심스럽게 대하는 괴의를 일개 의원으로 취급하고 있었다.

세상 물정 모르고 철부지인 망나니 공자들이라지만 적어도 사리분간은 할 줄 알았다.

'아이고! 큰일이다!'

전조가 좋지 않았다.

외채 안으로 이들이 들어갔을 때 어떤 사달이 날지 짐작이 가지 않았다.

개복은 불안한 얼굴로 외채로 향하는 그들의 뒷모습을 바라보았다.

         *   *   *

사타의 굳어 있는 얼굴 표정이 썩 좋지 않았다.

일주일 동안 줄곧 하루도 빠짐없이 찾아온 사타는 서서히 인내심의 한계에 부딪치고 있었다.

방 안은 자욱한 연기로 가득했다.

연기의 진원지는 침대에 왼팔로 머리를 받치고 편한 자세로 누워 있는 천마였다.

어디서 구했는지는 모르나, 누워서 곰방대에 담배를 태우고 있는 모습이 딱 신선놀음이었다. 단지 전과 다른 점이 있다면 내내 명상에 잠겨 있는 듯 눈을 감고 있었다.

"네놈, 계속 이 노부의 말을 쌩 깔 거냐!"

"노친네, 방해되니깐 꺼져라."

"이놈아, 내가 그리 귀찮은 것이냐?"

일주일 동안 천마는 일관적인 태도를 취하고 있었다.

사타의 말에 일체 반응하지 않는 것이었다.

입을 떼는 것도 고작해야 방금 전과 마찬가지로 '꺼져라', '나가라', '귀찮게 굴지 마라' 등과 같은 말뿐이었다. 가끔 짜증 나면 욕이 섞이는 게 다였다.

아무리 사타라고 하지만 상대가 대응하지 않으니 별수 없었다.

"대체 네놈이 무슨 생각을 하는 건지 모르겠구나."

"……"

"어이구, 분통이 터지는구나."

쿵쿵!

얼마나 답답했는지 사타는 자신의 가슴을 주먹으로 냅다 쿵쿵 치며 격하게 표현했다.

그럼에도 천마는 아무런 반응 없이 연신 담배를 뻑뻑 피우며 자욱한 연기만 뿜을 뿐이었다.

'미친 노친네, 암만 떠들어봐라.'

천 년 동안 어떤 누군가가 자신을 귀찮게 하는 것에 이미 달관한 천마였다.

잔소리 심한 노 선인조차도 반쯤 포기했을 정도인데, 고작 사타가 일주일 정도 달달 볶아가며 무언가를 알아내려고 해 봐야 어림 반푼어치도 없었다.

'이놈, 보통이 아니구나. 절대로 미친 건 아니야.'

사타가 이렇게까지 천마에게 집착하는 것에는 전부 이유가 있었다.

일주일 동안 그를 진료하기 위해 이곳에 오면서 사타는 자신의 의학적 지식의 범주를 넘어서는 현상을 맞이하고 있었다.

절대로 살아나지 못할 것이라 여겼던 자가 부활한 것을 비롯해, 고작 일주일 만에 파괴된 단전을 제외하고 대부분의 상처가 치유된 상태였다.

'허어, 거의 자가 치유 수준이야.'

모든 인간은 스스로 자가 치유를 하지만 이건 그 속도가 너무 빨랐다.

외상을 비롯해, 내상이 깨끗할 정도로 나아 있었다.

누워 있는 천마의 겉모습을 보면 정말 중상을 입었던 것인가 의문이 들 정도로 멀쩡하기 짝이 없었다.

한 가지 흠이 있다면 바로 잘린 팔인데, 그것은 도마뱀이 아닌 이상 어떡하겠는가.

"…네놈의 정체가 대체 무엇이냐?"

두 눈을 감고 있는 천마는 여전히 답이 없었다.

심지어 이제는 잠을 자는 것처럼 꾸벅꾸벅 고개가 밑으로 왔다 갔다 거렸다.

자는 척을 하는 건지, 아니면 정말 자는 건지 구분이 가지 않을 정도였다.

사타의 속만 끓어오를 뿐이었다.

"오호라, 네놈이 기어코 이런 식으로 군단 말이지. 그렇다면 이건 어떠하냐?"

계속해서 자신을 외면하는 천마에게 사타가 비장의 수단을 꺼내려 했다. 아무리 모른 척하려고 해도 절대로 이것만은 외면할 수 없으리라 여기는 비장의 수였다.

바로 그때.

쾅!

소음과 함께 누군가 방문을 걷어차고 들어왔다.

방문을 두드려 볼 생각 따윈 애초에 없었는지, 당당하게 들어오는 이들을 사타가 어이가 없다는 듯한 눈빛으로 쳐다보았다.

"켈켈, 이게 무슨 짓들인가?"

사타가 애써 특유의 쉿소리 나는 웃음소리를 내며 말을 꺼
냈다.

한참 중요한 대화를 나누려는 순간에 예의 없이 쳐들어와
서 화가 났지만 뒤돌아보니 얼굴이 똑같은 게 분명 사마세
가의 쌍둥이 공자들이었다.

'허어, 하는 행동들이 개차반이라더니. 딱 그렇게 생겼구먼.'

얼굴을 보면 사람의 성격이 보인다고 하였다.

찢어진 눈매에 오만함이 깃든 눈빛을 보니 얼마나 제멋대로
인지 짐작이 갔다.

물론 방금 전의 행동만으로도 충분히 그러했다.

"어라, 외눈박이네."

"당신이 그 사타라는 괴의인가?"

"……"

사타는 한순간 꿀 먹은 벙어리처럼 말문이 막히고 말았다.

제 애비인 사마세가의 가주조차도 자신을 대할 때 정중하
게 한다.

심지어 포악하고 제멋대로인 사파의 고수들 역시도 마찬가
지였다.

그런데 고작 이십대 중반에 불과한 철부지들이 사타를 보
자마자 외눈박이라고 말을 하는 것도 모자라서 별호를 함부
로 불러댄다.

"어이, 의원. 돈을 받고 일을 하면 대답을 해야 할 것 아닌가?"

"형님, 너무 그러지 마십쇼. 비싼 돈 주고 부른 의원인데, 겁을 먹었나 봅니다."

똑같이 생긴 둘이, 번갈아 가면서 쌍으로 열을 받게 하고 있었다.

사타는 진심 이 상황을 어떻게 타개할지 고민이 되었다.

사마 가주를 봐서 그냥 넘어가자니, 괴의라 불리는 자신의 별호가 울 것 같았다.

'제기랄! 망할 어린놈의 자식들.'

그렇다고 무림인도 아닌 자신이 개념조차 없는 어린것들과 실랑이를 벌이다, 혹여 잘못되어 망신이라도 당하면 그것 또한 할 말이 없을 것이다.

그야말로 진퇴양난이었다.

바로 그때.

"뭐냐, 이 병신들은. 쌍으로 지랄들을 하는구나."

"……."

참으로 차진 욕을 구사하는 입이었다.

쌍둥이 공자들은 한순간 벙한 얼굴이 되어버렸다.

침대에 편한 자세로 누워서 곰방대를 물고 있는 천마는 심드렁한 표정으로 연기를 뿜어대고 있었다.

이에 사타는 자신도 모르게 풋, 하고 웃어버렸다.

속이 시원해질 만큼 본인이 하고 싶었던 말을 천마가 해버렸으니 말이다.

"네… 네놈! 지금 뭐라고 지껄인 거냐?"

쌍둥이 중 동생인 사마방이 붉게 상기된 얼굴로 소리를 질렀다.

멸시해 왔던 대상인 사마영천에게서 욕을 들었으니 화가 날 만도 했다.

그러나 상대는 사마영천이 아닌 천마였다.

"귀가 썩었느냐? 정말 병신인가 보군."

"……."

시정잡배가 할 법한 욕설이었다.

사람이 너무 열받거나 황당하면 할 말을 잃는다고 했던가.

사마방이 기대했던 반응은 이런 것이 아니었다.

외채로 오기 전까지만 하더라도 쌍둥이 공자들은 폐인이 된 사마영천의 몰골을 구경하고 비웃으러 온 것이었다.

'켈켈, 이거 완전 난놈이구나.'

졸지에 좋은 구경을 하고 있는 사타였다.

일주일 동안 그렇게 짜증이 날 정도로 들었던 천마의 시정잡배 같은 욕이 이번만큼은 이렇게 구수하게 들릴 줄은 몰랐다.

"호오라, 네놈이 미쳤다고 하더니, 진정인가 보구나."

"정말인가 봅니다, 형님. 저놈 곰방대 물고 있는 것 좀 보십쇼."

쌍둥이 공자들은 얼마나 화가 났는지 얼굴이 붉게 상기되어 있었다.

그 둘은 상기된 얼굴로 천마에게 번갈아 가며 쏘아붙였지만 정작 본인은 전혀 듣고 있지 않았다.

오히려 일어나서 곰방대의 담뱃잎을 갈아 넣고 있었다.

담뱃잎을 전부 갈아 넣은 천마가 곰방대를 길게 빨았다.

"후우~"

그러자 긴 연기가 방 안을 자욱하게 메웠다.

"이노오오오옴!"

챙!

결국 쌍둥이의 형인 사마갈이 화를 참지 못하고 허리춤에 매고 있던 도 집에서 도를 뽑았다.

시퍼런 도의 날에서 날카로운 예기가 흘러나왔다.

사마영천이 병중에 있는 외채로 올 때부터 도를 들고 왔다는 것은 이미 불순한 마음을 가지고 왔다는 의미였다.

'켈켈, 집안 꼴이 개판이로구나.'

외인인 사타가 보기에는 정말 엉망이었다.

이미 사마영천의 팔이 잘린 사유에 대해선 익히 잘 알고 있었다.

사파 무림 세가 내에서는 후계자 문제로 형제들끼리 권력

투쟁으로 인한 난투가 잦기 때문에 특별히 의아할 부분은 아니었다.

이미 사마영천을 폐인으로 만든 시점에서 후계의 구도는 정해진 것이다.

그런 생리를 뼛속 깊이 알고 있는 사마세가의 가주였기에 아쉬운 부분도 있었지만 근신 정도로 끝내고 유야무야 넘어갔던 것이었다.

'켈켈, 이미 끝난 싸움을 끝장 보려 한다는 것은 한없이 감정적인 부분인 게지.'

사마영천을 굉장히 싫어한다고밖에 볼 수 없는 상황이었다.

사타가 조금은 안타깝다는 얼굴로 천마를 바라보았다.

속 시원하게 말할 때는 좋았지만 과연 이 위기를 어떻게 넘기려고 저러나 싶었다.

"미친, 더러운 핏줄 놈. 고분고분하게 있었으면 살려줄까 했는데."

사마갈은 도를 이리저리 휘두르며 천마에게로 다가갔다.

그런 사마갈을 보며 오히려 천마는 조소했다.

"이 버러지 같은 놈이, 감히!"

입꼬리가 올라가는 천마를 보자 더욱 분노에 차오른 사마갈은 참지 못하고 도를 휘둘렀다.

그 기세가 단번에 그를 베어서 죽일 요량으로 보였다.

콱!

"엇?"

그때 사마갈의 입에서 당혹스러운 목소리가 흘러나왔다.

사마영천의 몸을 두 동강을 낼 기세로 내려친 도였다.

뚝뚝!

도신을 타고 핏방울이 바닥으로 떨어졌다.

찰나의 순간에 벌어진 일에 방 안의 사람들 모두의 입이 벌어졌다.

핏방울이 흘러내리는 진원지는 천마의 왼손이었다.

'허어, 이놈… 진짜 물건이구나.'

사타는 진심으로 감탄했다.

사마갈이 도를 휘두르는 순간, 천마가 침대에서 튕겨져 나와 그대로 그 도를 손바닥으로 막아낸 것이었다.

고수들이 보았다면 놀랄 만한 기예였다.

휘두르는 도를 전부 휘두르기 전에 막아냄으로써 힘을 분산해 피해를 최소화시킨 것이었다.

천마의 발 쪽을 보면 방바닥이 살짝 패 있었다.

만약 천마의 단전이 파괴된 상태가 아니었다면 막아낸 것을 넘어서 도신을 부러뜨렸을 것이다. 그가 얼마나 무인으로서 천재임을 보여주는 단면이었다.

"아… 젠장, 아프잖아!"

퍽!

"억!"

챙그랑!

입을 벌리고 경악하던 사마갈은 갑작스러운 천마의 발차기에 맞고 뒤로 넘어지고 말았다.

들고 있던 도까지 떨어뜨리는 것을 보며 사타가 혀를 찼다.

반면 천마는 피가 나는 자신을 손바닥을 혀로 핥으며 인상을 찡그리고 있었다.

'칫, 내공이 없으니깐 손해로군.'

정확한 자세를 통해 도에 실린 내공을 분산시켰지만 단전이 깨진 상태로는 이것이 한계였다. 그 결과가 도에 파인 천마의 손바닥이었다.

그나마 사마갈의 내공이 미천했기에 피해가 적은 것도 있었지만 이 같은 경우는 무공 이전에 기세의 문제였다. 사마갈은 천마의 놀라운 기세에 압도당한 것이었다.

"이… 이 빌어먹을 놈이……."

"말조심해라. 죽고 싶지 않으면."

오싹!

놀란 것도 잠시, 자신의 형이 넘어지는 것을 본 사마방이 나서려 했지만 천마의 심연과도 같은 눈을 마주하는 순간 아무 말도 할 수가 없었다.

"아아……."

사마방은 자신도 모르게 뒷걸음질을 쳤다.

소름이 돋을 만큼 알 수 없는 위압감에 온몸이 사로잡혔다.

욕은 단순한 부산물에 불과했다.

이것이야말로 마교의 창시자이자 무림의 절대자 천마의 진정한 면모였다.

'그래, 이거야. 내가 보려고 했던 모습은! 저놈의 본색!'

사타가 흥분된 눈으로 천마의 위압감이 넘치는 눈을 바라보았다.

단전이 깨져서 폐인이 된 몸에서 나올 기세가 아니었다.

단순히 기량에서 나오는 것이 아닌, 절대자에게서 볼 수 있는 강렬한 위압감이었다.

"네… 네놈 눈이?"

바닥에 넘어져 있던 사마갈이 이제야 천마의 눈이 핏빛처럼 붉다는 것을 깨달았다. 그리고 그의 눈 안에 담겨 있는 알 수 없는 거대한 무언가를 발견했다.

"허억! 너… 너, 도대체 누구야?"

"고작 네놈 따위가 알 수 있을 것 같으냐?"

"뭐엇?"

천마가 바닥에 떨어져 있는 도를 주었다.

외팔로 도를 주운 탓에 균형이 살짝 맞지 않았으나 그것도 잠시였다.

천마가 도신을 묘한 눈으로 살펴보았다.

"호오, 생각보다 잘 제련된 도로군. 네놈한테는 아깝구나."

검으로 일가견이 있는 천마였지만 그 정도 되는 무인이라면 십팔반 병기를 전부 다룰 줄 알고, 그 무기의 진가를 파악할 줄 안다.

사마갈의 도는 생각 외로 잘 제련된 도였다.

명도라고 칭할 만큼은 아니었지만 무기 본연의 예기가 풍겨져 나올 정도는 되었다.

팍!

"헉!"

방바닥으로 사마갈의 도가 꽂혔다.

자신의 다리 사이의 중요한 부위와 아슬아슬하게 맞닿은 곳에 도가 꽂히자 사마갈은 경기를 일으키며 몸을 파르르 떨었다.

천마가 그런 사마갈에게 몸을 숙여 그의 턱을 붙잡고 귓속말로 속삭이듯 말했다.

"쉬고 있는데 피곤하게 만들지 말고 조용히 꺼져라."

"네… 네놈이 감히 가문의 소가주인 내게……."

"…소가주고 나발이고 난 모르니까, 안 꺼지면 당장 죽여 버린다."

"히익!"

이미 겁을 잔뜩 먹을 대로 먹은 사마갈이었다.

천마의 살기 어린 협박을 듣는 순간, 그는 기겁을 하며 몸을 벌떡 일으켜 세워, 가지고 왔던 자신의 도도 챙기지 않고 사마방과 함께 외채 밖으로 허겁지겁 도망가 버렸다.

"켈켈, 속이 다 시원하구나."

오만한 표정으로 들어왔던 놈들이 겁에 질려서 도망간 것을 보니, 기분이 한결 좋아진 사타가 천마를 향해 엄지손가락을 들어 보였다.

천마는 사타의 말에 아무런 대꾸도 없이, 마치 아무 일도 없었다는 듯 다시 침대에 걸터앉아 곰방대를 물었다.

'이놈도 싹수없는 건 매한가지구만.'

방금 전만 하여도 정이 들 뻔했는데, 다시 짜증이 치솟는 사타였다.

도무지 종잡을 수 없는 놈이라고 생각되었다.

"크흠, 그렇다 하여도 이제 큰일이구나."

"……"

"켈켈, 네놈이 저놈들에게 이렇게 겁을 주었으니, 저놈들이 할 행동은 하나뿐이지 않겠느냐?"

당장에야 겁을 잔뜩 먹고 도망쳤으나, 후에 쌍둥이 공자들이 그냥 넘어갈 리가 없었다.

다른 사람도 아니고, 자신들이 무시했던 폐인이나 다름없는 동생에게 자존심을 짓밟혔으니 말이다.

"켈켈, 네놈의 잠재력이 무섭기는 하나, 내공조차 다룰 수 없는 상황에서 혼자서 다수를 상대할 수 없을 게다."

방금 전의 천마를 생각한다면 단전이 파괴되었다고는 믿기 힘들 만큼 놀라운 기예를 보였다. 하지만 그것이 다였다.

상대가 어설플 정도로 무공이 낮기 때문에 제압하는 것이 가능했지만 만약 쌍둥이가 세가의 실력자들이나 암살자라도 고용한다면 상황은 달라진다.

"늙은이, 정말 말이 많군."

"오오!"

이때까지 아무 답변도 하지 않던 천마가 처음으로 입을 열었다. 이에 사타가 흥분된 목소리로 그의 앞으로 다가가 의자를 끌어 앉았다.

그러나 천마의 다음 행동은 그가 기대한 것과는 다른 것이었다.

콱!

"어억!"

갑자기 천마가 사타의 멱살을 잡고 끌어당겼다.

그리고 그의 귀에 대고 살기 어린 목소리로 속삭였다.

"의원이고 나발이고 지금 당장 턱주가리를 날려 버리면 입을 좀 닥칠까?"

"히끅!"

얼굴이 하얗게 질려 딸꾹질이 나오는 사타였다.

＊　　　　＊　　　　＊

'그러면 그렇지. 이놈이 곱게 대화 나눌 놈이 아니지.'

일주일 동안 지켜본 사마영천은 말 그대로 고집불통에 가까웠다. 쉽게 남을 믿는 유형의 사람도 아니었고, 까다롭기 그지없었다.

"허어, 이… 이보게. 이거 놓고 얘기하세."

"늙은이의 나불대는 입에 이젠 질렸거든. 안 그래도 생각할 것도 많은데, 계속 중얼대는 것도 짜증 나고 말이야."

불같은 성정을 지닌 천마의 입장에서는 여태 굉장한 인내심을 발휘했었다.

원래 성격대로 했다면 이미 한바탕하고 남았어야 했지만 그 역시도 지금의 자신의 처지가 좋지 않다는 것을 인지하고 있기에 최대한 자중했던 것이다.

'이놈 보게. 정말 뭐라도 저지를 기세네.'

지금 사마영천의 눈빛은 장난이 아니었다.

눈빛에 머금은 살기가 너무 짙어 무인도 아닌 자신조차도 긴장이 될 정도였다.

"이보게, 이보게. 이 손을 놓고 얘기한다면 내… 내가 좋은 걸 보여주겠네."

"그딴 것에 내가 관심을 보일 줄 아나?"

"반드시 보일 걸세!"

"호언장담이 과하군."

사타의 얼굴 표정을 보면 정말로 자신 있어 보였다.

대체 무엇을 준비했기에 천마의 관심을 끌 수 있다고 장담을 하는 것일까.

사타의 턱을 부술 요량이었던 천마는 다시 마음을 바꾸었다.

"흥!"

"휴우."

천마가 멱살을 놓자 사타가 안도의 숨을 내쉬었다.

아무리 봐도 적응이 되지 않았다.

천마의 심연과도 같은 눈을 마주하면 마치 자신이 맹수 앞에 선 먹잇감이 된 것만 같은 느낌에 사로잡혔다.

"보여라."

천마의 말에 사타가 의미심장한 표정을 지어 보였다.

사타가 자신의 손을 들어 보였다.

천마가 물어뜯어서 손가락이 잘린 손이었다.

붕대로 감고 있던 손을 들어 보이니, 천마가 의아한 눈빛으로 바라보았다.

"어쩌라는 거냐?"

"켈켈, 이걸 보라는 걸세."

사타가 자신만만한 목소리로 손가락에 감긴 붕대를 풀었다.

손가락을 감고 있던 붕대의 천이 완전히 벗겨지자 무심하던 천마의 동공이 커졌다.

"내가 장담했지 않나. 자네가 관심 보일 거라고 말이야."

"그… 손가락?"

놀라운 일이었다.

비어 있어야 할 사타의 검지가 멀쩡하게 있는 것이었다.

물론 완전히 멀쩡한 것은 아니었다.

원래 사타의 손가락은 늙은 그의 연배만큼이나 쭈글쭈글했는데, 지금 그의 검지는 마치 회춘이라도 한 것처럼 굵고 탱탱했다.

"늙은이, 그건 네놈의 손가락이 아니잖아."

그랬다.

사타의 손가락은 다른 것으로 대체되어 있었다.

어디서 구한 것인지는 모르나, 새로운 손가락이 그의 손에 자리 잡고 있었다.

원래의 손가락들 사이에 어울리지 않게 자리 잡고 있는 손가락을 꼼지락거리는 사타의 얼굴은 득의양양했다.

"켈켈, 당연히 이 노부의 것이 아니지. 젊은 놈의 것을 접합(接合)했으니깐."

사타가 그렇게 자신만만했던 이유가 있었다.

아무리 짐작해 보아도 무슨 생각을 하는지 알 수 없는 천마였지만 지금 당장에 필요한 것이 무엇인지는 불을 보듯 뻔했다.

"늙은이, 팔을 접합할 수 있구나!"

괴의(怪醫) 사타.

사파의 최고의 의원이라 불리는 자로 그 특기가 외과의였다.

정파 무림의 약선(藥仙)이 내과의로서 최고봉으로 친다면 사타는 외과의로서 최고라 불리는 자였다. 그들의 의술은 향후 수백 년을 앞선다고 할 정도로 최고의 실력을 자랑한다.

"그걸 이제야 말하다니!"

"켈켈, 자네가 내게 말할 기회를 주지 않았으니 그러지 않나, 흠흠."

"잘되었군. 내 팔을 접해라."

천마가 한결 밝은 표정으로 사타에게 말했다.

잘린 팔에 대해 애초에 포기했던 희망이 생겨나니 기분이 좋지 않을 수가 없었다.

단전이 파괴된 것도 문제지만 팔의 경우는 도마뱀이 아닌 이상 회생될 수 없다고 여겼었던 그였다.

"흠흠, 맨입으로 말인가?"

기대감에 차 있는 천마에게 사타가 찬물을 끼얹었다.

사타가 팔을 접합할 수 있는 의술을 가지고 있다는 것을 밝힌 것은 비장의 수였다.

"뭐야……."

"켈켈, 세상에 공짜는 없는 법일세."

"지금… 나와 거래를 하자는 거냐?"

천마의 목소리가 차갑게 가라앉았다.

이에 사타가 긴장한 얼굴로 침을 꿀꺽 삼키며 말했다.

"거, 거래라면 거래지."

그렇게 말을 하면서도 목소리가 많이 떨렸다.

분명 사타 본인이 연륜도 많고, 연배가 훨씬 많건만 이상할 정도로 고작 약관에 불과한 사마영천 앞에서는 마치 본인이 아이라도 된 것만 같은 느낌이었다.

무림의 수많은 고수와 만났지만 눈앞의 그는 색달랐다.

"흠."

"자… 자네가 손해 볼 만한 장사는 아니지 않나?"

"그럼 이렇게 하도록 하지."

"오오!"

천마가 뭔가를 결심한 듯 미소를 지으며 말하자 사타가 기대에 찬 눈빛으로 바라보았다.

그러나 그런 기대는 한순간에 물거품이 되고 말았다.

콱!

"케켁."

이젠 천마가 멱살도 아닌, 목덜미를 움켜쥔 것이었다.

내공이 없었지만 단련된 무인의 손아귀인지라 숨 막히는 고통이 사타를 사로잡았다.

고통스러워하는 사타에게 천마가 부드러운 목소리가 말했다.

"늙은이 목숨을 연장해 주는 건, 그 대가로 어떤지?"

"케켁… 이, 이놈이!"

협상의 조건은 목숨이었다.

도리어 천마가 협박조로 나오자 사타는 어이가 없었다.

목을 움켜쥐는 고통보다도 도무지 파고들 틈이 없는 눈앞의 인간에 대한 허탈한 감정이었다.

그와 동시에 지금까지와는 다른 감정 역시 샘솟게 만들었다.

'이 망할 자식이 내가 이렇게까지 양보했는데.'

아무리 천마의 위압적인 모습에 눌렸다고 한들 자신은 천하의 괴의 사타였다.

여타의 사파 고수들이 겁박해도 굽힌 적이 없는 그였다.

"이… 이놈아, 그럼 이 노부를 죽여라."

"……?"

"…이 …노부가 이렇게까지 양보했는데, 네놈이 그리 생각한다면 죽여라."

천마의 미간에 이채가 떠었다.

생각 외로 강하게 나오는 사타의 태도 때문이었다.

여태까지 자신에게 굽히는 모습으로 나오다가, 목숨을 위협하자 오히려 대쪽같이 군다.

그 대쪽이 부러질지도 모르는 상황에서 말이다.

'의외군. 일말의 자존심은 있었나?'

상대가 강하게 나오자 천마도 잠시 고민이 되었다.

지금 상황에서 성질대로 사타의 목을 꺾어버리는 것이 옳을지, 아니면 한발 물러서야 할지 망설여졌다.

탁!

결론은 났다.

지금 사타를 죽이는 것은 지극히 손해였다.

움켜쥐었던 손을 놓자 사타는 사래가 걸린 사람처럼 기침을 했다.

한참을 콜록거리던 사타가 핏줄이 선 눈으로 입을 열었다.

"쿨럭쿨럭, 네놈도 이 노부를 죽이는 것이 손해인 것은 아는구나."

"…망할 늙은이."

"켈켈켈, 이제 거래를 해보겠나?"

협상에서 고지를 점령했다고 확신한 사타가 다시 거래를 제안했다.

이번에야말로 눈앞의 인간을 파헤쳐 볼 수 기회가 생겨난 것이다.

"아니!"

"뭐엇?"

단박에 거절했다.

사타는 이해할 수 없다는 표정으로 반문했다.

죽이겠다고 협박하다가 포기했으니 거래에 응한다고 생각했는데, 하지 않겠다는 것은 팔을 접합할 의지가 없다는 말인가.

"네… 네놈은 팔이 필요 없다는 것이냐?"

"필요하다."

"그런데 왜?"

"거래는 없다. 단!"

"단?"

"내기를 하지."

"내기?"

천마의 입에서 내기라는 말이 나오자 사타가 인상을 찌푸렸다. 거래하기 싫다는 놈이 선뜻 내기를 하자고 말을 하니 무슨 의도인지 의심이 갔다.

'늙은이의 판에 놀아날 수는 없지.'

천마의 입장은 이러했다.

자존심이 강한 천마는 팔을 거래로 자신의 밑천을 드러내기 싫었다.

힘을 회복하지 못한 상황에서 정체가 공개되는 것은 너무도 위험했다.

과연 이 사타라는 인간이 자신의 정체를 알게 되었을 때 어떻게 나올지 알 수 없는 노릇이었다.

"아니, 대체 무슨 내기를 하자는 것이냐?"

반면 사타의 입장에서는 당황스러웠다.

거래를 한다면 동등한 입장에서 서로의 패를 꺼내 들게 된다.

그러나 내기로 들어간다면 상황이 달랐다.

내기에 이긴 쪽이 원하는 것을 가지게 된다.

"네놈이 무슨 내기를 걸 줄 알고 내가 그것에 응한단 말이더냐?"

"왜 자신 없나?"

"허어, 자신이 없는 게 아니라, 이 노부가 뭘 믿고 내기에 응하느냐 말이다."

"망할 늙은이가 본인이 불리한 건 싫어하는군."

"아니, 불리한 걸 좋아하는 사람이 어디 있단 말이더냐."

말이야 맞는 말이었다.

사타의 입장에서는 거래를 하면 되지 굳이 내기를 할 이유가 없었다.

이에 천마가 이죽거리며 말했다.

"크큭. 그럼 늙은이, 네놈이 내기를 정하던가."

"뭐야?"

한순간 사타가 벙한 얼굴로 천마를 바라보았다.

그도 그럴 것이 내기를 제안한 자가 그 주제를 상대방이 정하라고 말한 것이었다.

스스로 불리한 판으로 들어가려는 것과 마찬가지였다.

"네, 네놈 제정신인 거냐?"

"헛소리하지 마시지, 늙은이."

"그럼 어째서 노부에게 그런 제안을 하는 것이더냐?"

사실 이유는 굉장히 단순했다.

천마는 어떠한 조건을 걸어도 이길 자신이 있기 때문이었다.

정말 단순한 이유였지만 천마의 본심을 모르는 사타였기에 의심이 갈 수밖에 없었다.

"싫으면 말고!"

"아니, 싫다는 게 아니라."

"그렇다면 내기를 제안해라."

"허어……."

사타는 고민이 되었다.

천마가 저렇게 자신만만하게 제안한다는 건 어떤 내기를 걸어도 이길 자신이 있다는 의미였다. 그렇다면 과연 어떤 내기를 제안해야 자신이 유리한 고지를 점령할 수 있을까.

"혹시 해서 하는 말인데, 성립이 될 수 있는 내기여야 한다."

"뭣이라?"

"내게 무슨 약을 만들라고 한다든지, 늙은이 네놈만 할 수 있는 그런 내기를 제안할 생각은 하지 마라."

천마는 사전에 내기에 대한 규약을 정했다.

아무리 어떤 내기를 해도 이길 자신이 있는 천마였지만 사타 본인만이 할 수 있는 것을 내기의 조건으로 건다면 의미가 없었다.

그렇기에 미리 제재를 가한 것이었다.

'이놈 봐라. 정말 내기에 자신이 있다는 것이더냐.'

더 이상 사타에게는 뾰족한 수도 없었다. 내기를 해야 사타 본인이 원하는 것을 얻을 수 있는 상황이었다.

잠시 후, 마음을 정한 사타가 쇳소리 나는 웃음을 내며 말했다.

"켈켈, 좋다. 그렇다면 내기를 하자꾸나."

"대가는?"

"네놈이 내기에서 이긴다면 잘린 팔을 다시 접합시켜 주마."

"하나 더!"

천마가 의미심장한 목소리로 강조했다.

"……?"

"더 이상 나의 정체에 관해서 의문을 가지지 마라."

천마의 눈에서 뿜어져 나오는 살기 어린 안광을 보아하니, 가볍게 하는 말이 아니었다.

천마는 만약 내기에서 졌을 경우에도 사타가 자신의 정체에 관해서 집착한다면 정말 그를 죽일 생각이었다.

이에 사타의 미간에는 저도 모르게 땀방울이 송골송골 맺혔다.

'크윽, 좋다! 이왕 이렇게 된 바, 네놈이 절대로 이길 수 없는 내기를 제안해 주지.'

이렇게 된 이상 사타가 유일하게 할 수 있는 것은 하나였다.

천마가 절대로 이길 수 없는 내기를 제안해야 했다.

"흠흠, 알겠네. 약속은 약속이니."

"흥!"

"그럼 내기를 제안하겠네."

"말해라."

"자네도 내기에 두 가지 조건을 걸었으니. 나도 두 가지를 걸겠네."

"뭐야?"

"켈켈, 화를 내지 말게. 내기라는 것은 공평해야 하는 것이 아닌가."

아무리 천마의 살기가 두렵지만 손해를 보는 것은 더더욱 싫은 사타였다.

인상을 쓰고 무섭게 자신을 노려보는 천마를 보며, 사타가 조심스럽게 말을 이었다.

"첫째, 사흘의 기간을 주겠네."

"사흘?"

"흠흠, 사흘 안에 지금 자네의 상황이 세가에서 유리하도록 만들어보게."

"뭐?"

안 그래도 무섭게 인상을 쓰고 있던 천마의 표정이 더욱 찌푸려졌다.

사타 역시도 본인이 제안해 놓고도, 천마의 눈치를 보며 말한 것에는 다 이유가 있었다.

'켈켈, 아무리 네놈이라도 포기할 수밖에 없을 게다!'

지금 사마영천이 세가 내에서 처한 상황은 굉장히 입지가 좁아진 상태였다.

원래부터 사마영천이 혼외 자식이었기에 인정받지 못했던 상황에서 그나마 익혔던 무공마저도 잃었으니 지극히 불리하다고 할 수 있었다.

"지금 세가 내에서 자네는 거의 버려진 것이나 마찬가지지. 그 상황을 반전시켜 보란 말이네."

가모를 비롯해 쌍둥이 공자들이 호시탐탐 그를 노리고 있다.

그나마 보호막 역할을 해주던 사마 가주가 자리를 비운 상태였다.

지금 당장에는 천마의 위압감에 겁을 먹고 도망쳤지만 그들은 가주가 돌아오기 전에 천마의 목숨을 노릴 것이 틀림없었다.

"켈켈, 할 수 있겠나?"

사타는 득의양양하게 이미 내기에서 이긴 것 같은 표정을 지어 보였다.

'망할 늙은이, 득의양양해하는군.'

솔직히 천마는 세가 내에서 자신이 처한 상황을 정확히 모르고 있었다.

사마영천의 몸에 들어온 후로 천마가 계속 외채를 벗어나지 않고 있었던 것은, 최소한의 무공을 회복한 후에 마교로 복귀할 방법을 강구하기 위해서였다.

세가가 어떻게 돌아가는지에 대해서는 안중 밖의 일이었다.

'팔 하나 얻자고 귀찮은 일을 만드는군.'

짧은 시간 동안 천마는 고민을 했다.

서둘러 마교로 복귀해서 천양지체의 몸으로 갈아타고 싶은데, 쓸데없는 일에 연루된다는 생각이 들었다.

'하지만 마교로 돌아가는 과정을 생각한다면 최소한의 무공은 회복해야 한다.'

다른 건 모르지만 이곳이 사마세가라면 적어도 마교로 가기 위해 상당한 여정을 해야 한다. 호신이나 빠른 복귀를 위해서라도 일정한 무공을 회복해야 했다.

그러기 위해서는 양팔이 전부 있는 쪽이 훨씬 나았다.

'칫! 역시 한쪽 팔로는 무리지.'

"좋다."

마음을 결정한 천마가 조건을 수용했다.

"뭐엇? 조… 좋다고?"

잠시 고민하는 것 같더니 그가 흔쾌히 조건을 수용하자 사타는 당황스러웠다.

성립되기 힘든 내기 조건을 걸어서, 포기하게 하고 거래를 하도록 유도하려던 것이 사타의 계획이었다.

'허어… 이놈이 정말 제정신인 건가?'

단전조차 파괴된 외팔이 주제에 대체 무슨 수로 상황을 전복시킨단 말인가.

당장에 오늘내일 목숨을 위협당하는 처지에 놓인 사마영천이었다.

아무리 생각해도 허세에 불과하다고밖에 여겨져지지 않았다.

"다음 조건은?"

"어, 다… 다음 조건은 으음……."

다음 조건에 대해서는 미처 생각하지 않았던 사타는 순간 말문이 막히고 말았다.

"뭐야? 늙은이, 설마 생각하지 않은 건 아니겠지?"

"무… 무슨 소리인가. 당연히 생각해 두었지!"

천마가 의심의 눈초리로 쳐다보자 사타가 당황해서 말을 더듬었다.

하나 갑자기 생각하자니 마땅히 떠오르는 것이 없었다.

"흥, 그럼 두 번째는 뭐지?"

"두 번째는… 두 번째는, 아! 그래."

"쯧쯧, 이제 막 떠올린 주제에."

천마의 빈정대는 말에 민망했는지 사타가 헛기침하며 말했다.

"흠흠! 첫 번째 내기에서 진다면 자네의 정체뿐만이 아니라 그 육신을 해부할 수 있는 기회도 주는 것이 어떤가?"

"…뭐?"

사타는 회심의 미소를 지어 보였다.

첫 번째 내기의 조건 역시도 난공불락에 가까웠지만 두 번째는 내기의 판을 더욱 키우는 것을 의미했다. 천마에게 불안감을 조성하기 위한 사타의 잔꾀였다.

일평생을 무림에서 의원으로 굴러먹던 사타다.

'켈켈, 불안하지, 이놈아. 이제 포기해라. 굳이 왜 내기를 하려는 게냐.'

물론 이 내기를 받아들인다면 사타의 입장에서도 나쁠 것이 없었다.

그의 정체가 궁금한 것도 있었지만 이상할 정도로 빠른 회복 증세를 보이는 천마의 육신을 해부해 보고 싶은 마음도 적 잖게 있었다.

'하… 이 망할 늙은이가 정말 영악하군.'

내심 천마는 사타의 잔꾀에 진심으로 감탄했다.

의원인 사타가 내기를 제안해 봐야 얼마큼 곤란하게 만들 겠냐고 얕본 것도 있었다.

하지만 이런 내기 조건이라면 곤란한 것이 아니라, 되레 분 노가 치솟게 만들었다.

'건방지군. 감히 나를 해부해 보겠다고?'

천마는 타인의 진의를 읽어낼 수 있다.

사타에게서 풍겨져 나오는 사념만 읽더라도 허언이 아니라 진심이라는 것이 느껴졌다.

내기였기에 그럴 수 있다고는 생각했다.

하지만 사타의 저 득의양양한 표정이 굉장히 거슬렸다.

'저 멍청한 늙은이는 내가 못 할 거라고 확신하는 건가?'

천마의 강한 자존심을 자극하는 것에는 성공했다.

한데 사타를 향해 천마가 고개를 절레절레 흔들더니 미소 를 지어 보였다.

'웃어?'

한순간 사타는 불안해졌다.

웃을 상황이 아닌데, 미소를 짓다니 말이다.

"좋아. 내기를 받아들이지."

"뭐엇!"

사타가 경악을 하며 반문했다.

두 번째 내기 조건만큼은 포기할 것이라고 확신하고 제안한 것이었다.

기분 나쁘라고 제안한 것을 흔쾌히 받아들이다니 대체 무슨 속셈이란 말인가.

"아, 아니. 네… 네놈은 이런 내기를 할 작정이란 말이냐?"

사타는 얼마나 당황했는지 결국 속내를 드러내고 말았다.

도저히 이 눈앞에 있는 인간이 무슨 생각을 하는 건지 당최 짐작할 수가 없었다.

그런 사타를 향해 천마가 살기 어린 미소를 지으며 의미심장한 목소리로 말했다.

"어이, 늙은이. 내기에서 지면 약속이나 지켜라. 아니면 네놈, 정말 죽여 버린다!"

"히끅!"

겁에 질리면 딸꾹질이 나오는 사타였다.

9장

식사에 초대되다

사마세가의 안채.

창가의 볕이 잘 드는 이곳은 가모(家母)인 유 부인의 방.

그곳엔 화려한 붉은 색채의 비단 옷에 장신구들을 차고 있는 중년의 여인이 있다.

여인의 이름은 유경채. 사마세가의 가주, 사마염의 아내이자 쌍둥이 공자들의 친모였다.

찢어진 눈매에 짙은 화장을 하고 있는 그녀는 중년임에도 불구하고, 농익은 요염함을 갖추고 있었다.

그리고 그녀의 얼굴에는 오만함과 자신감이 잘 버물려 어우러져 있었다.

한편 방 안에는 유 부인만이 아닌, 쌍둥이 공자들인 사마갈과 사마방이 굴욕적인 표정으로 자리하고 있었다.

"그래서 너희들은 꽁지가 빠지게 도망친 것이냐?"

유 부인은 자신의 아들들을 보며 실망했다는 듯이 고개를 절레절레 흔들었다.

방금 전, 두 아들이 헐레벌떡 자신의 방으로 들어와 좀 전에 있었던 일들을 보고하는데, 들으면 들을수록 기가 막힐 노릇이었다.

"아니, 폐인이 된 그 녀석이 어떻게 너희를 제압한단 말이더냐?"

"그, 그건 저희가 하고 싶은 말입니다, 어머님!"

허겁지겁 도망쳤던 것도 잊고, 어느새 굴욕감에 차오른 사마갈이 분하다는 듯이 말했다.

쌍둥이 형제는 항상 힘든 일이 있거나, 스스로들이 해결하지 못할 일이 생기면 언제나 그랬듯이 가모인 유 부인을 찾아왔다.

"지지리도 못났구나."

그녀의 입에서 고운 말이 나오지 않을 것을 잘 알면서도 말이다.

유 부인은 혀를 차며 자신의 아들들을 바라보았다.

사마갈과 사마방은 가시 방석에 앉은 것처럼 아무 말도 하지 못했다.

"흥, 네 생각은 어떻더냐?"

유 부인이 옆에 가지런히 손을 모으고 서 있는 여자 무사에게 물었다.

회색 무복을 입고 있는 여자 무사는 유 부인의 호위이자 시녀인 계향이다.

"이상하군요. 도련님들께서 고작 폐인이 된 삼 공자에게 그런 수모를 당하셨다니요."

"뭐야! 삼 공자는 무슨 삼 공자. 더러운 핏줄 놈을."

유 부인이 표독스럽게 계향의 말을 부정했다.

"죄송합니다!"

계향이 고개를 숙이며 정정했다.

자신이 모시는 주인이 얼마나 삼 공자를 미워하는지 잘 알고 있는 그녀였다.

"정말 그놈의 단전이 파괴된 게 맞기는 한 것이냐?"

"괴의 사타 어른이 직접 진찰한 것입니다. 확실합니다."

계향은 몇 번이나 유 부인의 명으로 삼 공자인 사마영천의 동태를 감시했다.

실제로 외채에 출입하는 사타에게 몇 번이나 확인한 사실이었다.

그렇기에 쌍둥이 공자들이 망신을 당했다는 것이 더욱 이해가 가지 않았다.

"그런데 대체 무슨 수로 내공을 가지고 있는 내 자식들이
당했단 말이야."

"……"

하나 쌍둥이 형제의 내공은 내공이라고 부르기엔 굉장히
미천하기 짝이 없었다.

세가 내에서도 가주에서부터 소가주까지 그들의 무공이 얼
마나 하찮으면 혼외 자식이라고 무시했던 삼 공자에게 기대를
거는 분위기였겠는가.

그 말을 입 밖으로 내뱉고 싶었지만 계향은 심기 불편한 주
인을 위해 참았다.

"그… 그렇지요."

"도무지 이해를 할 수가 없구나."

"혹 그런 것이 아닐 런지요. '그자'가 첫째 도련님께 패해서 폐
인이 된 후로 미쳤다는 소문이 파다합니다. 사리분별 못 하고
미쳐서 날뛰니 도련님께서 당황해서 그런 것일 수도 있습니다."

계향은 심기 불편한 가모와 공자들의 입맛에 맞는 변명거
리를 찾아야 했다.

그 변명거리로 가장 그럴 듯한 것이 세가 내에 파다한 사마
영천이 미쳤다는 소문이었다.

그런 계향의 말에 유 부인이 흡족한 표정으로 고개를 끄덕

였다.

"하긴, 그래. 그렇지 않고는 그 하찮은 것이 이 애들을 곤란하게 만들 수 없지."

"마, 맞습니다! 그렇지 않아도 녀석을 보니 꼭 광견병이라도 걸린 것처럼 눈이 시뻘게져서 달려들었습니다!"

기회다 싶어 사마방이 이야기를 거들었다.

졸지에 천마의 핏빛 홍안이 광견병 걸린 개의 눈이 되어버렸다.

"눈이 시뻘겠다고요?"

사마방의 말에 계향이 의아한 눈초리로 물었다.

가끔 사파의 무공을 익힌 자들 중에서 부작용으로 과도한 신체의 변형이 오는 경우도 있었다. 하지만 눈이 붉다는 것은 일종의 내공의 문제로 보였다.

"혹시 단전이 파괴되면서 주화입마를 입어 그런 것이 아닐까요?"

"주화입마?"

"네. 무림인들 중에서도 주화입마를 입어서 미친 경우가 허다하지 않습니까?"

"주화입마라… 일리가 있구나."

유 부인 역시도 사파 무인 가문의 출신이었기에 무공을 익혔다.

사파의 내공은 대개가 사도에 가까워 자칫 방심하면 주화 입마에 빠지기 십상이었다.

충분히 그런 가능성이 있다고 생각되었다.

"휴."

유 부인의 눈치를 보느라 조마조마했던 쌍둥이 공자들은 저도 모르게 숨을 내쉬었다.

자식이 맞고 왔다는 소리에 화가 났던 유 부인은 한결 기분 이 나아진 표정으로 말을 이었다

"미쳤다고 해도 그런 놈을 그냥 둘 수가 없구나. 세가의 질 이 떨어져."

"넷?"

"너희들에게 이 어미가 한 수 가르쳐 주마."

유 부인이 표독스러운 눈빛을 반짝이며 의미심장하게 말했 다.

그 말에 쌍둥이 형제의 입가에 미소가 돌았다.

집안 문제에 있어서, 자신의 어머니가 나서서 해결하지 못 했던 일은 이때까지 아무것도 없었다.

늦은 오후 저녁이 다 되어갈 무렵, 외채의 천마가 있는 방으 로 또 다른 손님이 와 있었다.

그녀는 바로 지금 천마의 육신인 사마영천의 동생, 사마연

경이었다.

사마연경은 여태까지와는 다르게 볼까지 상기되어 굉장히 들뜬 얼굴이었다.

그도 그럴 것이 깨어난 후로 줄곧 외면하기만 했던 자신의 오라버니가 저를 직접 불렀기 때문이었다.

그러나.

"으음, 오라버니. 지금 뭐 하는 거야?"

그녀는 지금 자신이 보고 있는 상황을 어떻게 받아들여야 할지 난감했다.

오라버니가 불러서 오긴 했는데, 막상 방에 들어왔더니 전혀 상상하지 못한 것을 구경하고 있었다.

'한 팔로 저게 돼?'

오라버니는 그녀의 눈앞에서 웃통을 벗고 물구나무서고 있었다.

익숙한 것은 아닌지 팔을 부들부들 떨면서 물구나무서고 있었는데, 상반신의 붕대가 땀에 젖어 있을 정도니 상당히 오랜 시간을 이러고 있었던 듯했다.

'…얼마나 노력했을까.'

사마영천의 육신은 오랜 단련으로 잘 발달되어 있었다.

한쪽 팔이 없는 것이 흠이었지만 잘 발달된 근육에 땀이 맺혀 있는 모습은 여느 여자가 보더라도 시선이 가지 않을 수 없을 정도였다.

그러나 여동생인 사마연경의 입장에서는 이런 단련된 육신을 가지기 위해 고생했던 오라버니가 안타까워졌다.

"오라버니?"

그녀가 조심스럽게 천마를 불렀지만 아무 답이 없었다.

물구나무서는 데 계속 열중을 하고 있는지라 그 모습을 계속 지켜봐야 하나 고민하던 찰나였다.

누군가 방문을 두드리며 들어왔다.

"응?"

"아가씨도 계셨구만유."

방으로 들어온 사람은 다름 아닌 하인 개복이었다.

개복의 손에는 쟁반이 들려 있었고, 그 위에는 단술을 담은 그릇이 있었다.

"공자님, 분부대로 시원한 단술을 가져왔습니다요."

"거기에 두고 가라."

"예, 알겠습니다요."

'이… 이 인간이!'

방해될까 여태 기다리며 조심스럽게 불렀을 때도 답조차 하지 않던 천마였다.

그런데 하인이 단술을 들고 왔다는 말에는 곧장 답해주니, 사마연경의 입장에서는 서운함이 폭발하다 못해 어이가 없을 지경이었다.

"오라버니!!"

"시끄럽구나."

사마연경의 분노에 찬 고함 소리에 천마가 짧은 신경질을
내며 물구나무서기를 풀었다.

천마는 후들거리는 몸을 이끌고, 침대 모서리에 걸쳐 두었
던 수건으로 온몸을 적시고 있는 땀을 닦았다.

"후우!"

"너무한 거 아냐? 내가 그렇게 오라버니를 부를 때는 답변
도 안 해주고는, 하인이 부를 때는 대답해 주는 건 또 뭐야."

사마연경이 봇물 쏟아내듯, 천마를 향해 따박따박 불만거
리를 쏘아붙였다.

그러나 천마는 전혀 개의치 않는 투로 사마연경에게 말했다.

"대답할 가치가 없었으니깐."

"뭐… 뭐어?"

깨어난 그날 이후로 다른 사람이 되어버린 오라버니였다.

원래 이렇게 딱딱하고 차가운 사람은 아니었다.

"흠."

천마는 탁자 위에 올려 있던 단술을 벌컥벌컥 들이마셨다.

자못 야성미 있는 모습이었다.

원래의 오라버니였다면 물을 마실 때조차도 얌전하게 마

셨다.

단술이 턱 선을 타고 쇄골까지 흘러내릴 정도로 마시는, 마초적인 냄새를 풍기는 남자와는 거리가 멀었다.

'정말 다른 사람 같아.'

얼굴 껍데기만 같고 타인과도 같은 느낌이었다.

처음에는 아니라고 스스로 최면을 걸어 납득해 보려 했지만 갈수록 다른 사람이라 확신이 들 정도로 너무 달랐다.

"…날 왜 부른 거야?"

"네게 궁금한 게 있다."

"궁금한 게 있다고?"

"그래."

천마가 단술 그릇을 탁자에 올리고 침대에 걸터앉았다.

그러고는 한쪽밖에 없는 왼손으로 탁자 앞에 있는 의자를 가리켰다.

"일단 앉아서 얘기하도록 하지."

사마연경이 잠시 망설이다 의자에 앉았다.

의자에 앉은 그녀는 천마를 쳐다보며 의심스러운 눈초리로 물었다.

"뭐가 궁금하다는 거야?"

"뭐, 지금 내가 알고 싶은 것이지."

"알고 싶은 것?"

"지금 사마세가의 모든 것. 그리고 이 집안에서의 너와 나의 사정."

천마가 곧장 본론을 이야기했다.

사타와의 내기를 위해서는 정확한 정보가 필요했다.

사마세가에 관한 것을 알지 못하는 한, 내기를 이기기 위한 계책을 마련하는 것이 힘들었다. 지금으로선 현 육신의 여동생인 사마연경만큼이나 그들이 처한 상황을 잘 설명해 줄 사람은 없었다.

"역시……."

그 말에 사마연경의 표정이 달라졌다.

여태까지는 오라버니를 바라보는 동생의 얼굴이었다면 지금은 아니었다.

의심과 불신이 가득한 눈빛이었다.

"당신은 오라버니가 아니야."

순간 천마의 눈에 이채가 띠었다.

순진한 얼굴로 일주일 동안이나 찾아와 오라버니를 부르던 사마연경이 이제야 그 사실을 받아들인 것이었다.

"왜 그런 표정을 짓는 거야?"

"재미있어서."

"뭐? 뭐가 재미있다는 거지?"

"계집아, 난 처음부터 네 오라버니라고 한 적이 없다. 네가 끝까지 우겼을 뿐이지."

천마가 날카로운 눈빛으로 그것을 강조했다.

천마와 눈이 마주치자 사마연경은 기분이 나쁠 정도로 소름이 돋았다.

눈앞에 오라버니의 껍데기를 쓰고 있는 이자는 대체 누구란 말인가.

"다… 당신 대체 누구야?"

"내 정체가 궁금하냐? 계집."

"아아아… 오라버니가 아닌 것은 확실하구나."

사마연경이 모든 것에 허탈했는지, 의자 뒤로 힘없이 몸을 기댔다.

천마의 목소리나 말투를 들으면 들을수록 확실하게 아니라는 게 느껴진다.

부드럽게 자신의 머리를 쓰다듬어 주던 오라버니가 아니었다.

짝짝!

갑자기 그녀가 자신의 양 뺨을 손바닥으로 두 번 쳤다.

양 뺨이 붉어진 사마연경이 진지한 목소리로 말했다.

"준비됐으니깐, 당신이 누군지 얘기해 줘."

그런 사마연경을 바라보며 천마의 오른쪽 입꼬리가 올라갔다.

               *   *   *

늦은 밤이 되어서야 사마연경은 터덜거리는 발걸음으로 외
채를 나올 수 있었다.

자신의 방으로 돌아가는 발걸음이 유독 무겁기 짝이 없었다.

오늘따라 구름에 가려진 달로 인해 유난히 어두운 세가의
내부.

그런 내부를 밝히는 것은 세가의 문들 사이로 꽂혀 있는 일
렁이는 횃불들뿐이었다.

일렁이는 횃불에 비친 그녀의 음영이 진 얼굴은 어둡기만 하다.

'오라버니… 정말 죽은 거야?'

사마연경은 자신의 방이 있는 건물 앞에 멈춰서 서글픈 표
정으로 외채가 있는 방향을 바라보았다.

자신의 오라버니가 저곳에 아직 있는데, 살아 있는 것이 아
닌 게 되어버렸다.

실감이 가지 않는다.

"난 네 오라버니가 아니다. 지금 당장 가르쳐 줄 수 있는 것은
그것뿐이다. 하지만 네가 나를 도와준다면……."

외채 안에 있던 오라버니의 탈을 쓰고 있는 존재는 끝까지

그녀에게 정체를 말하지 않았다.

하지만 하는 말투하며 행동, 모든 것이 자신의 오라버니와는 달랐다.

보면 볼수록 확실하게 느낄 수 있었다.

"망할 천존님! 내가 그렇게 빌었는데… 흐흑."

그렇게 감사했던 원시천존이었는데, 갑자기 원망스럽다.

그녀는 다리에 힘이 풀렸는지 바닥에 쭈그리고 앉아서 눈물을 훔쳤다.

한참 동안 눈물을 훔치던 그녀는 소매로 그것을 닦으며 중얼거렸다.

"쳇, 상이라도 제대로 차릴 걸……."

그제야 냉수 한 그릇만 올렸던 것이 내심 후회가 되는 사마연경이었다.

이미 벌어진 일을 어찌 되돌리겠는가.

오늘따라 세가 내를 감싸는 밤바람마저도 차게 느껴진다.

"에휴, 들어가야겠다."

사마연경이 자리에 일어나서 힘없는 발걸음으로 방으로 들어가려던 찰나였다.

갑작스럽게 그녀의 방문이 열리며, 검은 복면을 한 세 명의 인영이 걸어 나왔다.

난데없이 자신의 방 안에서 검은 복면인들이 튀어나오자

놀란 사마연경은 깜짝 놀라서 넘어지고 말았다.

"다… 당신들 뭐야?"

뒤로 넘어졌으면서도 당찬 그녀는 떨리는 목소리로 그들에게 정체를 물었다.

하지만 복면인들은 아무런 답을 하지 않았다. 대신 그들이 허리춤에서 뽑는 칼을 보니 충분한 대답이 되었다.

복면인들은 자신을 노리고 있음이 틀림없었다.

"아, 아무도 없느냐! 누… 누구라도……."

그녀는 소리를 지르며 주위를 둘러보았다.

평소라면 늦은 밤이더라도 경비를 서는 무사들이나 몇몇 하인들이 돌아다닐 만도 한데, 오늘따라 개미 한 마리조차 보이지 않았다.

마치 철저하게 의도된 분위기인 것처럼 말이다.

"왜… 왜 날……. 설마 마님이 보낸 사람들이냐?"

아무리 순진무구한 사마연경이라지만 그녀는 바보가 아니었다.

아닌 밤중에 홍두깨도 아니고, 세가 내에서 복면을 쓰고 뻔뻔하게 칼을 뽑는 이들이었다.

분명 세가의 무사임이 틀림없었다.

"……."

"나, 날 어쩌려는 거야? 내가 소리라도 지른다면……."

"쉿!"

팍!

"읍… 읍읍!"

복면인이 빠른 몸놀림으로 순식간에 그녀의 아혈(啞穴)을 짚었다.

아혈을 짚인 사마연경은 있는 힘을 다해 소리를 질러보았지만 아무런 목소리도 나오지 않았다.

사마연경은 공포로 얼굴이 하얗게 질려갔다.

그녀가 마지막으로 눈을 뜨고 있을 때, 그 동공에 새겨진 것은 세 명의 복면인들이 살기 어린 검을 들고 다가오는 장면이었다.

한편 같은 시각, 천마가 기거하는 외채의 방 안.

사마연경을 보낸 후로 천마는 여전히 물구나무선 채 무언가에 집중하고 있었다.

한데 땀을 뻘뻘 흘리며 집중하던 천마의 자세가 흔들리며 그가 쿵, 하고 넘어졌다.

"아, 젠장……."

내공도 없는 몸인지라 넘어지니 등짝이 울려서 아팠다.

천마는 거친 숨을 내쉬더니, 외팔로 바닥을 짚으며 몸을 일으켜 세웠다.

몸을 일으켜 세운 천마는 비틀비틀 걸어가 창문을 열고 바같을 바라보았다.

차가운 밤바람에 흔들리는 횃불의 그림자가 드리워진 세가
는 고요하기만 했다.

"이상하다."

잠시 창밖을 바라보던 천마는 고개를 흔들며 이내 창문을
다시 닫았다. 그러고는 의자에 털썩 주저앉아 묘한 표정을 지
으며 중얼거렸다.

"아주 잠깐이었지만… 분명 살기가 느껴졌는데. 흐음, 잘못
느꼈나."

천마가 창문을 열었던 것은 아주 미세한 살기를 감지했기
때문이었다.

아무리 육신이 망가지고 천 년 마기가 봉인되었지만 다른
것은 몰라도 타인의 살의를 감지하는 것에는 민감한 천마였다.

"흠."

잠시 고민하던 천마는 한숨을 푹 내쉬며 자리에서 일어났다.

아주 미세하게 살의가 느껴졌지만 그것이 자신을 향한 게
아닌 것은 확실했다.

그렇다면 굳이 신경 쓸 필요는 없어 보였다.

"망할 오지랖은 귀찮은 일만 초래하지."

천마의 지론이었다.

자신과 연관이 없다면 신경을 끄는 것이 답이었다.

무림을 살아가면서 천마가 마도를 지향한 이유 중 하나는 정파인들의 쓸데없는 오지랖이 싫어서이기도 했다.

정의를 숭상한다면서 쓸데없이 남의 일에 참견하는 것만큼 오지랖도 없었다.

"훙!"

마음을 정한 천마는 다시 물구나무서기 시작했다.

왜 천마는 이렇게 외팔로 무리해 가면서 물구나무서는 것일까.

그것에는 매우 중요한 이유가 있었다.

물구나무선 천마는 눈을 감은 채, 규칙적인 호흡으로 숨을 코로 들이쉬었다가 입으로 내뱉었다. 이것은 바로 운기조식(運氣調息)이었다.

특이한 것은 천마는 운기조식을 함에 있어서, 일반적인 자세인 정좌를 취하지 않고 거꾸로 물구나무서고 있었다.

"후우!"

단전이 깨져 있는 천마는 정상적인 방법으로 내공을 다시 쌓을 수가 없다.

정좌로 운기조식을 하게 된다면 파괴된 단전을 통해 흡기를 하는 꼴이 되어버린다.

그렇게 된다면 깨진 물독에 물을 붓는 격이었다.

부들부들!

안정적인 운기로 접어들지 못해 천마의 몸이 떨리기 시작했다.

정상적인 운용과는 다른 방법이라고는 하나, 한번 깨진 상태의 단전으로 무언가를 하려고 하니 천하의 천마라도 쉽지 않았다.

쿵!

결국 다시 물구나무서다 넘어지고 말았다.

천마가 짜증이 섞인 말투로 신경질을 냈다.

"이런, 제기랄! 하도 오랜만에 하니깐 잘 안 되잖아!"

근 천 년 만에 하는 운기조식이었다.

혼백일 때는 운기를 할 필요가 없었다.

도의 중턱에서 필요한 것은 혼백의 그릇을 채울 일종의 원영신의 수양이었다.

아무리 무도에 있어서 천부적인 재능을 지닌 천마라고 하여도 오랜 공백은 어쩔 수가 없었다.

"역혈운기법이 이게 맞았던 것 같은데."

역혈운기(逆穴運氣).

그것은 단순한 역혈기공법이 아니었다.

마교와 사파에는 역혈기공이라는 사이한 기법들이 돌아다닌다.

이것은 내공을 일주천하는 것을 반대로 하면서, 속성으로 무공을 익히는 법으로 알려져 있었다. 실제로 상당수의 사파인들 중에는 이렇게 무공을 익힌 자가 많았다.

"아, 진짜 내가 만든 건데도 가물가물하네."

역혈운기법을 창시한 자는 바로 천마였다.

천마가 만든 역혈운기법을 모태로 수많은 역혈기공이 탄생했다.

마도인들과 사파인들에게 있어서 역혈운기법은 일종의 정파의 삼재심법(三才心法)이나 도가의 토납법(吐納法)과도 같은 기본적인 수련법이었다.

천마가 허탈한 얼굴로 이죽거렸다.

"젠장, 웃기네. 이 짓거리도 두 번이나 하게 될 줄은 몰랐네."

사실 천마는 과거에도 단전이 폐해진 적이 있었다.

일반적인 토납법에 의거한 수련법으로는 도저히 단전을 회생시킬 수 없다.

천마가 과거에 역혈운기법을 만든 이유는 폐해진 단전을 다시 회생하기 위한 방법이었다.

이것이 어쩌다가 천마가 등선 후에 와전이 되면서, 속성으로 무공을 익히는 사공이 되어버렸다.

폐해진 단전을 살리기 위해 만든 역혈운기법을, 속성으로 내공을 쌓기 위한 방법으로 활용하니 사파나 마교에서 주화입마를 입은 자들이 속출하는 것은 당연한 일일지도 몰랐다.

"젠장, 몸을 회복시키기도 바빠죽겠건만."

어떻게든 단전을 회복시켜야 천양지체까지는 아니더라도 최소한의 무공을 회복할 수 있다.

그런 바쁜 와중에 성가신 내기 조건까지 걸어버렸으니 짜증이 날 수밖에 없었다.

사마연경에게서 세가에서 자신이 처한 상황을 들었기에 천마의 입장에서는 여간 번거로운 일이 아닐 수가 없었다.

사흘이라는 말도 안 되는 기간을 제시한 사타의 잔꾀에 진절머리가 났다.

"망할 늙은이! 팔만 접합되고 나면 죽여 버려야지."

스스로가 내기를 제안한 것도 잊은 천마였다.

이미 마음속으로 수도 없이 사타를 죽여 버리겠다고 다짐하고 있었다.

시간은 야속할 만큼 촉박하기만 했다.

다시 물구나무서며 천마는 역혈운기법에 집중했다.

어느새 짜증을 내던 표정은 사라지고 그는 몰아지경에 빠졌다.

무서울 정도의 집중력이었다.

그토록 되지 않았던 운기법이 분노에 차서였는지, 한번 집중하자 무서울 정도로 탄력을 받았다.

천마가 다시 눈을 떴을 때는 날이 밝아 있었다.

"흠."

몰아지경에 빠졌던 것도 눈을 뜨고 나서야 인지했다.

눈을 떴을 때, 평소보다 몸이 굉장히 상쾌하다고 느껴졌다.

좋은 징조라고 생각된 천마는 물구나무선 상태에서 다시 운기해 보았다.

한참을 운기하던 천마의 얼굴에서 은은한 미소가 감돌았다.

"좋아!"

단전이 파괴되면서 역혈운기법으로 토납을 하며 운기할 때마다 복부가 찢어질 것 같은 고통에 휩싸였었다.

하지만 이제는 그런 고통이 느껴지지 않았다.

"운기가 되는구나."

한고비를 넘긴 것이었다.

단전을 형성한 것은 아니었지만 역혈운기법이 통하는 길을 찾아냈다.

운기조식을 하고 나니 몸이 상쾌해졌다.

똑똑!

바로 그때 방문을 두드리는 소리가 들렸다.

"누구냐?"

"도련님, 저 개복입니다요. 이제 일어나셨습니까?"

방문을 두드린 것은 다름 아닌 하인 개복이었다.

사마영천의 몸을 차지한 후로 유일하게 자주 접선하는 것이 개복이었다.

"무슨 일이냐?"

"도련님께서 부탁하신 것들을 가져왔습니다요."

"응? 벌써? 들어오너라."

어제 오후 늦게 시켰던 것이었는데, 생각보다 빨리 구해왔다.

천마가 눈에 이채를 띠며, 개복에게 들어오라 하였다.

방문을 열고 들어오는 개복의 손에는 한 보따리의 짐이 들려 있었다.

천마가 몸을 일으키며 벗어 두었던 상의를 입기 시작했다.

그런 그를 보더니 개복이 활짝 웃으면서 말했다.

"아이구, 도련님. 오늘은 좀 푹 주무셔서 그런지 많이 좋아 보이십니다."

개복의 말대로 천마의 얼굴색이 평소보다 밝아져 있었다.

단전이 파괴되고 피를 많이 흘렸던 천마의 육신은 누가 보아도 아파 보일 정도로 혈색이 나빴는데, 하루 사이에 많이 호전되어 있었다.

"푹 잤다고? 별로 안 잤는데."

천마는 한숨도 자지 않았다.

운기를 한다고 몰아지경에 빠졌기는 했지만 잔 것은 아니었다.

흡사 명상과도 같은 상태였었다.

"아이구, 도련님 벌써 늦은 오후입니다요. 좀만 있으면 벌써 저녁 시간이 다 될 걸요. 계속 말씀이 없으시기에 몇 번 왔다가 그냥 간 겁니다."

개복의 말에 천마가 창문을 열어보았다.

밝은 대낮이기는 했지만 해가 많이 기울어 있었다.

하늘의 빛깔이 잔잔하게 불그스름해진 것을 보니, 정말 저녁까지 멀지 않았다.

"아… 젠장!"

상황이 상황인지라 시간이 촉박해진 천마였다.

사흘 내로 내기에서 해야 할 것이 많은데, 벌써 상당한 시간을 지체한 것이었다.

천마의 표정이 무서울 정도로 굳어지자 개복은 눈치가 보였는지 마치 자신이 잘못한 기분이 들었다.

'오매, 깨울 걸 그랬나.'

푹 자라고 내버려 뒀는데, 기분이 좋지 않으니 당황스러웠다.

그런 개복에게 천마가 여전히 인상을 쓰며 물었다.

"그것도 챙겨 왔겠지?"

"다… 당연히 챙겨 왔습지요."

개복이 재빨리 가지고 온 보따리의 짐을 풀었다.

풀린 보따리에서는 이것저것 잡다한 것이 많았다.

그것의 대다수는 약재로 보이는 것들과 그것을 정제하기

위한 도구들이었다.

자신이 아는 도련님은 약에 관해서 전혀 알지 못하는 사람인데, 이런 것을 가져오라고 부탁을 하니 의아한 개복이었다.

"좋군, 잘했다."

약재를 훑어본 천마는 조금은 풀어졌는지, 흡족한 목소리로 말했다.

조금 누그러지는 천마의 표정에 개복이 안도의 숨을 내쉬었다.

"흠, 그럼 한번 해볼까나."

"네에?"

"정제해야지."

"저도 말입니까요?"

"뭐야? 그럼. 내가 한 팔로 하리?"

"그… 그럴 리가요. 당연히 도우려고 했습지요."

헤헤거리며 개복이 두 손을 싹싹 비비고는 소매를 걷었다.

다시 깨어난 도련님은 살벌할 정도로 그 분위기에 위압감이 넘친다.

결국 개복은 붙잡혀서 천마와 함께 알 수 없는 약재를 정제하는 작업을 함께해야만 했다.

한참을 개복과 정신없이 약재 작업을 하고 있던 찰나였다.

쾅!

누군가 방문을 걷어차고 들어왔다.

지금까지 그의 방을 방문한 자들 중에서 방문을 찰 만한 자들은 그들뿐이었다.

천마가 짜증이 섞인 얼굴로 방으로 들어오는 자를 노려보았다.

"허, 더러운 핏줄 놈이 약도 직접 지어 먹나 보네."

꽁지가 빠지게 도망갔던 일은 기억도 나지 않는 것처럼 자신만만하게 방문을 걷어차고 들어온 자는 다름 아닌 사마방이었다.

그러나.

"뭐야, 어제 그 병신 새끼들 중 한 명이잖아."

천마의 차진 욕이 섞인 말에 자신만만하게 빈정대던 사마방의 얼굴이 순식간에 구겨져 버렸다.

『천마님, 부활하셨도다』 2권에 계속…

초대형 24시 만화방

신간 100%, 샤워실, 흡연실, 수면실(침대석), 커플석, 세탁기 완비

▪ 시흥 정왕25시점 ▪

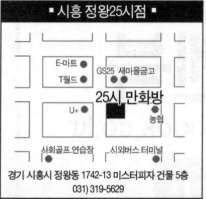

경기 시흥시 정왕동 1742-13 미스터피자 건물 5층
031) 319-5629

▪ 강북 노원역점 ▪

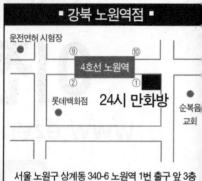

서울 노원구 상계동 340-6 노원역 1번 출구 앞 3층
02) 951-8324 (화용빌딩 3층)

▪ 일산 정발산역점 ▪

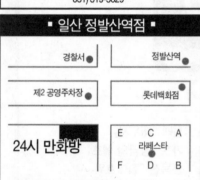

라페스타 E동 건너편 먹자골목 내 객잔건물 5층
031) 914-1957

▪ 일산 화정역점 ▪

경기도 고양시 덕양구 화정동 984번지 서일빌딩 7층
031) 979-4874 (서일사우나 건물 7층)

▪ 부천 역곡역점 ▪

역곡남부역 기업은행 건물 3층
032) 665-5525

▪ 부평역점 ▪

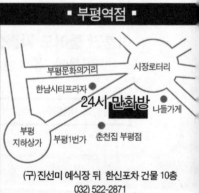

(구) 진선미 예식장 뒤 한신포차 건물 10층
032) 522-2871

보신제일주의

FANTASTIC ORIENTAL

김용진 新무협 판타지 소설

황실 다음가는 권력을 지녔다고 하는
천문단가(千文團家)에서 오대독자가 태어났다.
그리고 그 아이는 튼튼하게 자라났다.
…굉장히 튼튼하게.

『보신제일주의』

"다 큰 어른들도 하기 힘들어하는 수련인데
공자께서는 요령도 피우시지 않는군요. 대단합니다."

"건강하게 오래 살려면 해야 하는 일이니까요."

취미는 삼 뿌리 씹기, 약탕기는 생활필수품!
그리고 추구하는 건 오로지 보신(保身)!
하지만… 무림의 가혹한 은원은 피할 수 없다.

"각오완료(覺悟完了)다. 살아남아 주마!"

Book Publishing CHUNGEORAM

유행이 아닌 자유추구 -
WWW.chungeoram.com

허담 新무협 판타지 소설
FANTASTIC ORIENTAL HEROES

신력을 타고났으나 그것은 축복이 아닌 저주였다.

『십자성 - 전왕의 검』

남과 다르기에 계속된 도망자의 삶.
거듭된 도망의 끝은 북방 이민족의 땅이었다.
야만자의 땅에서 적풍은 마침내 검을 드는데……!

"다시는 숨어 살지 않겠다!"

쫓기지 않고 군림하리라!
절대마지 십자성을 거느린
적풍의 압도적인 무림행이 시작된다!

Book Publishing CHUNGEORAM

고검독보

천성민 新무협 판타지 소설

FANTASTIC ORIENTAL HEROES

강남 무림을 일대 혼란에 빠뜨린 마라천.
그들을 막아선 것은
고독검협(孤獨劍俠)이라 불린 일대고수였다.

마라천이 무너지고 난 후,
홀연 무림에서 모습을 감춘 고독검협.

그리고 수 년…….

그가 다시 무림으로 나섰다.
한 자루 부러진 녹슨 검을 든 채로……!

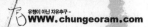

Book Publishing CHUNGEORAM

유병이 아닌 자유추구 -
WWW. chungeoram.com

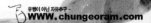

2016년의 대미를 장식할 최고의 스포츠 소설!!

Career record : 984W 26L
Career titles : 95
Highest ranking : No.1(387weeks)
Grand Slam Singles results : 23W
Paralympic medal record : Singles Gold(2012, 2016)

약 십 년여를 세계 최고로 군림한 천재 테니스 선수.
경기 내내 그의 몸을 지탱하고 있는 것은…… 휠체어였다.

『그랜드슬램』

휠체어 테니스계의 신, 이영석(32).
그는 정상의 자리에서도 끝없는 갈망에 사로잡혀 있었다.

"걷고 싶다, 뛰고 싶다. …날고 싶다!!"

뛸 수 없던 천재 테니스 선수
그에게, 날개가 달렸다!!!

Book Publishing CHUNGEORAM

유행이 아닌 자유추구-
WWW.chungeoram.com

GAME BALL

게임볼 설경구 장편소설
FUSION FANTASTIC STORY

무명의 야구인이었던 남자,
우진이 펼치는 야구 감독으로서의 화려한 일대기!

『게임볼』

"이 멤버로 우승을 시키라고?"

가상 야구 게임,
게임볼을 통해 인생 역전을 꿈꾸는

한 남자의 뜨거운 행보에 주목하라!

Book Publishing CHUNGEORAM

유행이 아닌 자유추구 -
WWW.chungeoram.com

투신
강태산

박선우 장편소설

FUSION FANTASTIC STORY

무림을 휩쓸던 '야차(夜叉)'가 돌아왔다.

『투신 강태산』

여행사 다니는 따뜻한 하숙생 오빠이자
국가위기 특수대응팀 '청룡'의 수장.
그리고 종합격투기계를 휩쓸어 버린 절대강자.
전 세계를 무대로 펼쳐지는 투신 강태산의 현대 종횡기!!

"나는, 나와 대한민국의 적을, 철저하게 부숴 버릴 것이다."

서러웠던 대한민국은 잊어라!
국민을 사랑하는 대통령과 절대강자 투신이 만들어 나가는
새로운 대한민국이 펼쳐진다!!

Book Publishing CHUNGEORAM